INK INK INK INK INK
INK INK INK INK INK INK
INK INK INK INK INK
INK INK INK INK INK INK
INK INK INK INK INK
INK INK INK INK INK INK
INK INK INK INK INK
INK INK INK INK INK INK
INK INK INK INK INK
INK INK INK INK INK INK
INK INK INK INK INK
INK INK INK INK INK INK
INK INK INK INK INK
INK INK INK INK INK INK
INK INK INK INK INK
INK INK INK INK INK INK
INK INK INK INK INK
INK INK INK INK INK INK
INK INK INK INK INK
INK INK INK INK INK INK
INK INK INK INK INK
INK INK INK INK INK INK
INK INK INK INK INK
INK INK INK INK INK INK

INK
文學叢書
131

# 二〇〇一：洄游之旅

張復◎著

# 目次

# 〈序〉移動在想念蔓延時

胡錦媛

張復是當代最令人期待的作家之一。所謂「期待」是指在閱讀之前，你並未預料到他的作品會如何讓你驚喜、讓你忘情於閱讀的過程，而陷入低徊不已的沉思中。

張復的作品沒有九十年代以來聳動的「情慾反叛」，沒有微言大義的「歷史密碼」，沒有時髦的「後殖民」與「全球化」，沒有直接的「政治事件」與「國族認同」。張復不與時人彈同調，寫的是個人在台灣當下即刻的種種經驗，呈現台灣文學失落已久的精神，一方面與七十年代台灣小說的鄉鎮人文情懷銜接，一方面又另闢蹊徑，致力「記憶/移動」書寫，創造了一己獨特的風格。

張復所寫的「當下即刻」並非與過去切割，自外於歷史的巨流。相反地，張復作品中的「現在」深受「過去」影響，而「過去」所承載的思想感情在「現在」回溯的意識中產生不斷的變化，進而使得「現在影響過去」。「過去」與「現在」之間於是形成一個新的結構，一個「同存結構」（simultaneous order）。

同存結構的歷史時間觀與懷舊文學不同。顧名思義，「懷舊」是對「舊」的「懷念」。在對過去的回顧中，主體把現在看成缺陷與不足，而過去則相對地美好與完整。懷舊爲主體提供了一種另類時間，來建構一個心靈的新世界，解決個人當前所面臨的種種現實問題。但是正如周蕾所指出，「在後殖民時代的無數破碎中，懷舊可以被視爲另一種構想『團體』或『社會』的方法，那麼這個被構思的團體和社會也是神話式的。神話裡包括了對愛情的憧憬，對命運和機緣的篤信，以及對孩童般目光的懷戀。」在懷舊中，主體與過去的連結呈現穩定連續的單向直線，而在「過去／現在同存結構」中，時間是充滿偶然性與不穩定性的迴旋線、交叉線，是「非直線」，可以容納無盡的空間，自由變化。

以〈自由之家〉爲例：敘事者「我」開車載爸爸到供應中心買酒，沿途中「我」開車尋路，並回憶起許多已經淡忘的往事。在回憶中，「往事本身」與「現在對往事的詮釋」交錯並置，兩者共同建構了一種「變成」（becoming）的狀態：正當四周的地理建物與過去的人情世故得到確認之時，正當模糊的過去逐漸變得清晰之時，全篇結尾部份卻漠不經心般地提及開車經過所見到的「自由之家」，使「變成」的狀態持續進行，點出全篇旨意。「自由之家」的確切地點在哪兒？只能以「某棟房子之旁」來標示嗎？「我」和「爸爸」都沒有答案。也許「自由之家」是只能「經過」而無法「抵達、回歸」的夢土。也許「自由之家」是一家當舖，你點當了青春、記憶，多年後你想要贖回當物，它卻已關門、搬家、錯置……。

「自由之家」正是巴特（Roland Barthes）所說的「此曾在」：「此刻我所看見的曾在那兒，伸展於無限與主體（操作者或觀看者）之間；它曾在那兒，旋即又分離；它曾經在場，絕對不容置疑，卻又已延遲異化。」〈一段不牢靠的回憶〉呼應〈自由之家〉，呈現「此曾在」的「非直線」現象。在其中，「我」以「現在回想起來」描述小時候在幽黑的房間裡哭過的往事。藉著「現在」與「往事」的中介，「我」的哭泣與歡笑達成和解，並存於同一時空，使我們彷彿打開了一扇窗，看到另一個世界的存在。這種過去／現在同存只有在文學藝術中才能聚焦地呈現出來，也是作家具備「當代性」（contemporaneity）的必要自覺（T. S. Eliot）。

過去與現在之間的同存變化，最奇妙動人的莫過於〈阿桃，我的童年伴侶〉。一張童年時與伴侶阿桃的合照一直維繫著「我」對阿桃的記憶，到幾十年後的「現在」，「媽媽」才釐清照片中的女孩並非阿桃。那麼，從「現在」開始，「我」要如何修改自己對阿桃的記憶？「我」說：「現在我解脫了，我擁有充分的自由來想像阿桃本人的模樣。」而某次在廟會前，「我」於是把一位偶遇的女性「想像」爲阿桃。但是，阿桃的眞正相貌究竟如何？像歲月的容顏一樣熟稔又陌生？「我」終究無法告訴我們。做爲「記憶載體」，相片只是「眞相」（眞實人物）的替代，與想像投射並無二致，都只是「最初現場」（the primal scene）的隱喩（metaphor）或轉喩（metonymy）。張復以烘「雲」（記憶）托「月」（眞相）的筆法，告訴讀者一個關於記憶的美麗故事。讀者的領悟最後終結於自願的降服：阿桃的眞正相貌如何已經不重要。

除了「過去／現在同存」的記憶主題以外，張復的作品所持續關注的是「移動」。「記憶」與「移動」結合成爲張復作品的一個主要基調。「記憶」選擇與「移動」結伴同行是必然的：記憶不純是心靈自發的迴響，而是與引發記憶的外界事物互動的結果；移動時的主體離開了原所熟悉的環境，處於相對無所依靠的空乏狀態，必須召喚記憶，與其互動，安置自我。

張復筆下的主角是個移動主體，從鄉下遷移到台北，從台北遷移到美國，再從美國回到台北，從台北到世界各地，從台北回到鄉下。在〈菜寮〉中，「我」回到小學時歡鬧嬉戲的菜寮，不但拜訪小學玩伴未遇，而且還發現四周自然環境已經巨變：「我問她這個地方以前是不是叫菜寮。她沉思了一會兒，說她不知道。……我沒有找到一塘池水，沒有聞到艾草的味道，也沒有聽到沙沙的聲響。」這樣的發現宣告了「失樂園」的來臨：「我知道，菜寮早已消失得無影無蹤。」

在〈異國的旅程〉中，主角「他」到澳洲雪梨參加會議，邂逅一位異國女性薇琪。他與薇琪是初識，也是淺識，彼此之間的交談浮泛而空洞，不具備「溝通」的作用——彷彿語言本身就是在逃避溝通，或者，語言其實很恰切地呈現他／她們不具實質性的虛幻關係。到會議結束時，他與她的交往也結束：「他發現自己流下了眼淚……好像他一直在等待這個時刻的出現。」這樣的經驗，爲什麼發生在「異國」？根據佛洛依德（Sigmund Freud）的「驚異」（The Uncanny）說法，陌生的異國不啻是熟悉的本土，原本壓抑的過去在時空轉換的異國得到抒發。正如他在異國所見所聞的植物、陽光、遊艇、空氣中的濕度都引發他聯想起過去的種種情感記憶，薇琪也是記憶的移民，從過去的時空中遷徙到他的想像國度，使他想起從前的舊識。即使在異國，或者正因爲在異國，在移動中，他所念念不忘的是過去。顯然，「移動」並不是「靜止」（家、過去、熟悉事物）的替代，「移動」與「靜止」並不是二元對立的兩極，兩者的關係交錯盤結，無法截然區分。

〈越過田野去〉以記憶爲中介，細訴「他」從美國返鄉，與往日女友姜麗芬舊地重遊，尋訪他們當年的伊甸樂園。其實，十多年前，在他／她們離開伊甸樂園之後，「傷痛」（trauma）便透過回憶「後遺性」（après-coup）地形成。但是由於回憶與經驗在結構上並不具備完整性，他／她們無法釐清傷痛的根源，而不自覺地重複與傷痛相關的行爲，姜麗芬就這麼說：「我感覺到我們在重複十幾年以前就做過的事，又好像不是。」十多年後的「現在」，他／她們覺悟到「已經無法重新度過另一個人生」，便再次分手，各奔東西。移動的問題是旅居美國的「他」不斷與自己所進行的對話，在這次的返鄉／離鄉之旅後，他將如何攜帶記憶的行李，告訴自己「我在他方會更好」（Charles Baudelaire），去尋找其他的伊甸樂園？

張復筆下的人物，如〈二〇〇一〉中的父女、〈天涼好個秋〉中的梅姊、〈理髮〉與〈菜寮〉中的「我」，並不企圖假定樂園的存在。他／她們眞實地面對自己的生命景況，與生命中的無奈、失落、哀傷、痛苦共存。對於他／她們而言，這個「失樂園是惟一的樂園」（Marcel Proust）。又如〈機場〉中的「我」在無數次反覆的離去與歸來之後，發現「機場」，一個移動的轉接點，正是觀察人生諸多面相的最好位置……

在台灣當代文學中，張復的這本文集也爲讀者提供了一個最好的閱讀位置。

（本文作者為美國密西根大學比較文學博士，任教於政治大學英文系。研究文學理論、書信文學、旅行文學。）

# 自由之家

爸爸突然轉過頭來對我說，這個日本房子好老了，好可惜！
那不是「自由之家」嗎？我開口問爸爸。
我在想，從什麼時候開始我曉得有這樣的一個地方？
我繼續想著。我想了半天，仍然得不到答案。
爸爸必然累了。我眼前的使命是載他回家去。

爸爸說，問題不在價錢。問題是，他可能在其他的店裡買到假貨。

這是爸爸走進車子前跟我說的話。

在哪兒都可能買到假酒，爸爸說，這是他不能不去那邊買的原因。

我走近爸爸。我在他略顯得激動的話語裡聽到了喘息聲。

可是他一個人怎麼去呢？爸爸繼續說，萬一把酒砸在公車上，該怎麼辦？錢的損失事小，如何給人善後才是大事。

我把車門打開來，我抓住爸爸的右手臂。

所以，爸爸說，他已經好久沒有喝酒了。

我沒有時間答話，我正在想另一個問題。我在想，如果那地方找不著停車位，該怎麼辦？把爸爸擱在路邊，然後在街上繞個幾圈，再回去接他？問題是，我要如何把這個複雜的想法送進他的耳朵裡？爸爸的聽力變差了，跟他講話總要大聲重複個好幾遍，而且我們正站在嘈雜的馬路邊。

我扶著爸爸坐進車裡，我感覺到他的右手臂在微微顫抖。

我也坐進了車裡。

我們要去哪兒呀？我問爸爸。我不想催促他，可是我總得知道方向。

還是從中正橋走吧，爸爸說。

這並不是我要的答案，不過總比完全沒有答案好。

在總統府前面……，爸爸繼續說。

地圖在爸爸的腦子裡攤開了，雖然攤開得很慢。

不，還不到總統府那裡，爸爸又說，在北一女前面。

我啓動了車子。

那裡有個很大的十字路口，你曉得吧？從那兒往左轉，再右轉上中華路。

我把車駛入行車道。我趁著一部巴士從旁駛過的一刹那切進了車道裡。

那地方本來有個三軍俱樂部，爸爸仍然自顧自地說，現在成了什麼供應中心，旁邊還有個憲兵隊。你去過那裡吧？唷，你恐怕沒去過。

其實，我可能去過那個地方。如果記得不錯，我可能是在剛回台灣的那一天去的。那天，好像只有爸爸去機場接我。那時他的身子還很健朗，什麼事自己一個人做就可以。我們必然從機場乘坐巴士到達火車站。對於這段行程，奇怪的是，我居然失去了記憶。這已經是十多年前的事了。在這段日子裡，台北火車站重建了，那排延伸到北門的建築拆了，中華商場也拆了。在同一段日子裡，爸爸也變成重聽與痴傻的老人。

已經上班好幾天了吧？爸爸更換了話題，今明又可以休息個兩天吧？

我突然發覺，爸爸的生活仍然是按照月份牌來安排的。在月份牌上，爸爸看到的必然是他從前上班時所看到的那種生活秩序。

我上次見到爸媽的時候是大年除夕。那天晚上，一夥親人在外頭的餐廳聚會，冷冽的涼風吹得每個人都叫苦。離開餐廳，我們重新聚集在親戚家。十二點正，爆竹聲響了，雖然沒有從前那麼熱鬧，卻是近年來持續得最久的一次。離開那兒，我們再度走進寒風刺骨的空氣裡。爸媽走在我的身邊，沒說一句抱怨的話，這是我不得不佩服他們的地方。小時跟著他們出門拜年，不愉快的神情必然寫在我冰冷的臉上。最後會動怒的則是爸爸，那時他的脾氣比任何人都大。

除夕之後，我去了南部一趟。那裡的人雖然喊冷，每日太陽仍然準時出來。我帶了兩隻燻茶鵝回來。媽媽在電話上說，他們吃不下整隻鵝，但她會詢問爸爸的意見。爸爸立刻表示他有興趣。媽媽說，爸爸近來表現得像小孩一樣。也許就在那時，爸爸想到自己已經很久沒有喝酒了。

爸爸在車上繼續說了一些話，我沒有時間回應他。幾乎每一時刻都有輛摩托車從巷道鑽出來，我必須專心開車。

我不喜歡在這裡開車。這裡早已不是我所熟悉的地方。我們剛搬來這裡的時候，街道雖然像現在一樣狹窄，四處卻散佈著稻田。後來我們搬到距離都市更遠的地方。那裡有一條新闢的馬路，兩邊的公寓刻意與馬路保持著距離。我在馬路邊找到了幾棵桑樹，我從樹上採下桑葉來餵養我的蠶。後來我厭煩了每天伺候那些軟綿綿的傢伙，就把牠們寄放在桑樹上。過了幾天，我回去探望牠們，發現已經被麻雀叼光。這事情在我的腦裡折騰了好一陣子。如果長在桑樹上的蠶兒會被小鳥啄掉，牠們是怎麼活到被嫘祖發現的？

爸爸仍然在自言自語。也許在他安靜的世界裡，有人或沒人聽他講話都沒有太大差別。爸爸說，他前天去醫院檢查血壓……。這是我害怕聽到的話，我害怕他會用安靜的話說出一個我無法承受的事實。我開始豎起耳朵來。查完了血壓，爸爸繼續說，發現時間還早，他就順便掛號做體檢。體檢可要進行好一陣子，醫生說。回到家，他才發現媽媽早已急壞了。

原來如此！爲什麼不先打個電話回家呢？如果是我，也會把他臭罵一頓。

車子過了中正橋，緊接而來的是一個高架橋。在我的記憶裡，這座高架橋是爲了跨越鐵軌而興建的。鐵軌早已拆除，高架橋卻留了下來。我當學生的時候，坐公車從橋上經過，總可以看到一群鴿子飛在黃昏的天空中。後來橋下出現一個菜市場。我期望去那裡看看，卻一直找不著機會。回到台灣以後，我想起自己的宿願，終於找到一天去了，發現裡面只有極平常的肉攤與菜攤，跟任何菜市場沒甚麼兩樣。

爸爸說，下高架橋以後可以左轉，從那條路也能轉上中華路。

車子已經行駛在斜坡上，我看到禁止左轉的標誌。

嘿，不能左轉，對不對？爸爸問我。顯然他也看到了那個標誌。

車子已經開過路口，我無須回答爸爸。即使我回答，他未必聽得見。

也許是下一條路吧，爸爸又說。

到南海路就可以左轉，我回答他。

呼，還是不能左轉，爸爸說。很顯然，他沒有聽到我的話。

前面南海路可以左轉，我重複自己的話。

都快到你的學校了，爸爸說。他仍然沒有聽到我的話。

我把車轉進南海路。

果然是你學校的那條路，爸爸說。

我突然感到好奇，爸爸甚麼時候來過這裡。如果他來過，必然是在我聯考剛放榜的那一年。那時候，我能夠考進這家高中，對他自然是十分欣喜的事。然而我不記得曾經跟他來過這兒。自從我們搬來北部以後，我跟爸爸出外的日子便寥寥無幾。也許爸爸獨自來這裡走了一遭。

車子駛過學校大門。我瞥了一眼學校現在的模樣。曾經有一段時日，我把自己看成這學校的成員。現在它在我的眼裡卻顯得十分陌生，也許像爸爸第一次看著它時那麼陌生。

南海路很快就結束了。我把車駛入和平西路。

馬路在這裡發生了變化。路變得寬敞了，也變得複雜了。離開高中以後，我很少回到這裡。後來這一帶發生了很多變化，改變了舊有的模樣，往後的改變又取代了前次的改變。我還記得附近曾經充斥著克難式的房子。星期六下午，我們背著書包從沒有路名的街道走過來。那時我還是初中生，跟同學來這裡打球。等我進了這所學校，反而沒有那麼勤奮使用這個籃球場。有一次，我口渴得受不了，便打破大人加諸的禁忌，跑到植物園前面的小攤去喝汽水。那是一種使用機器臨時打出氣泡的汽水，再把一些濃縮的果汁與碎冰倒進透明的玻璃杯裡。那是我曾經喝過最好喝的汽水。

我知道我已經迷路了。這地區給我的印象是雜亂無章，我對它的記憶也同樣雜亂無章。每到一個路口，我總會碰到從前走過的路，讓我想起自己曾經在上面度過某個週末的下午。我甚至想到附近有一個販賣腳踏車的市集，爸爸陪我去那裡購買我的第一部腳踏車。然而我已經不記得市集在哪裡。也許它就在我們剛走過的路上，或許在轉彎不遠的角落。反正這市集早已消失了，就像許多我去過的地方，在我還沒來得及回想它們以前就消失了。

那天，已經去世的乾爹也陪我們去了那個市集。那時我們才從南部搬來不久，乾爹卻一直住在台北。購買不熟悉的東西時，爸爸總會請教他的意見。乾爹帶我們沿著腳踏車陣往下走。那車陣足足有一公里長。乾爹給予我的指點只是：要看清楚想買的車子。他只在我旁邊說，這部車看起來不錯，這部也不錯。然而他看中的車子，價錢都遠超出爸爸設定的範圍。這問題並不困擾他。

那天的太陽很大，爸爸催促我早點做決定。我選擇了一部乾爹也認爲不錯的車子。接著感到爲難的是爸爸，腳踏車的價錢超出他所訂的上限。一陣子猶豫以後，爸爸決定買下那部車。成交以後，爸爸要我自己把車騎回去。我聽了大吃一驚，我以爲爸爸會堅持叫店方把車送到家裡去。然而他要我自己騎回去，從我根本不熟悉的路騎回去。

我的車現在也行駛在不熟悉的街道上。我不想詢問爸爸如何走，反正他也幫不上什麼忙。他頂多會叫我跟隨一輛巴士前進，或者講一些我沒時間回應的話。而且，我已經看到中華路了。不知道從什麼時候起，我的車子已經行駛在中華路，我要做的只是循著這條路快速向右轉，銜接上我過去所認識的中華路。

我開始曉得自己在什麼地方，我也想起自己在什麼時候來過這裡。這些記憶都隨著熟悉景物的出現而變得清晰牢靠。

爸爸說，他要看看在哪裡可以找個停車位。

原來，要找停車位的念頭一直都在爸爸的腦子裡。

我錯過了爸爸提醒我右轉的街道。嚴格說起來，是爸爸錯過了提醒我右轉的時機。其實我自己找得著停車位，爸爸最好不要企圖幫忙我。

是那個角落嗎？我問爸爸。我不能不問他。

爸爸沒有馬上回答我。他沒有聽到我的話，還是不確定那地方在哪兒？

我憑著直覺在角落轉了彎。眞相逐步在我的心裡成形，我是說，我什麼時候來過這裡的眞相。然而我必須先找到一個停車位。

憲兵隊在那裡，爸爸說，它的門口跑到這條街來了。

爸爸可能以爲我跟他說了什麼話，所以他必須要有所回應。

我看到「供應中心」的字樣。

附近都是辦公大樓，今天卻沒人上班。我們很快就找到停車位。

我們下了車。今天的氣溫比前一陣子好很多。然而你仍然感覺到冷天沒這麼快就要離去。也許只是冷天的記憶沒有那麼快離去，誰曉得。

我和爸爸走到十字路口。我想我應該攙扶爸爸過馬路。我想到爸爸在除夕餐廳裡對我說的話。我原先以爲爸爸會婉拒我陪他去廁所，他卻在途中對我說，現在他最擔心的是自己的腳下會踩空。我並不習慣把爸爸當成老人對待。我乾姊比我習慣做這類的事——並不是因爲我乾爹去世得比較早，而是她們家一直有個老奶奶。在我的記憶裡，這個奶奶一直都活著，而且一直被當成老人對待。

我扶著爸爸上了人行道。我覺得自己表現得像個笨拙的雇傭。

我已經確定自己在什麼時候來過這裡了。其實那天去機場接我的並不只爸爸。那時爸爸的頭腦比現在清楚得多，他不會容許自己做出這種讓他自己覺得沒面子的事。那天媽媽也去機場了，連舅舅都去了，他們是坐舅舅派出的車去的。這件事我怎麼竟然都忘了？

我和爸爸走進了供應中心的長廊。我們走過一個門市部。透過玻璃窗，我看到它的貨櫃上放著一瓶瓶的酒，像紀念館的文物那麼慎重地陳列著。然而這不是我們要去的那家店，我知道。我們要去的還在前頭。我想起我小時陪著爸媽去朋友家拜年。下了公車，我就看到一個眷村。那不是我們要去的地方，媽媽說。穿過馬路，我又看到另一個眷村。那也不是我們要去的地方，媽媽又說。我們要去的地方，還要轉好幾個彎，媽媽也還要對我說好幾次「快到了」，直到我懶得再向她提出同樣的問題。

嘿，這裡也有一家賣酒的，我學著爸爸的口吻對他說。

我們去前頭那家看看，爸爸回答我。

在這個熟悉的地方，爸爸恢復了胸有成竹的模樣。我開始覺得自己像從前那樣，跟隨著他走進軍事機關去。門口的衛兵總會向爸爸敬禮，然後把視線轉移到我的身上。他們既不笑，也無怒氣，只是看著我。這時候，我會把我的視線鎖在爸爸燙得筆挺的制服，我以為這樣就可以讓衛兵轉移盯牢在我身上的眼睛。

我和爸爸走過一個大廳入口。敞開的門口旁站立著一些老人。我擔心會被誤認為前來參加活動的人。然而他們只看了爸爸一眼，便決定不再理會我們。這是我最佩服軍人的地方。他們能夠在一秒鐘裡決定誰是他們必須理睬，誰是可以忽略的。過去我以為軍人在街上總會忙不迭向著軍服的人敬禮。後來我發現他們對不認識的人經常視若無睹；對於那些熟識的人，又像惡虎撲羊般衝上前去握住對方的手。

我們走到大街上。現在我知道爲什麼爸爸說要去中華路。這裡確實是中華路，只是也許很少人會想到這一點。換了我，我會說，我要去西門町的對面。爸爸會那麼說，也許是因爲他的腦子裡還存著中華商場的模樣。其實我的腦子裡也存著它的模樣，雖然這商場已拆除好一段日子。

果然沒有開，爸爸說。

爸爸看到的是這家店還沒開啓的模樣，我看到的則是它打烊的模樣。

我們回到側街。我們從供應中心的大門走進去。站在門口的老人既不理會我們，也不阻止我們進入。我們進入一個非常寬敞的大廳。這樣的氣派只有在高級的飯店才看得見。爲了顯示這是軍人的地方，大廳的佈置也跟高級飯店不同，就像軍服跟燕尾服有明顯的不同。

我已經很久沒有跟隨爸爸走進軍事機關。享有這樣的特權時，我還住在南部鄉下。那時我常跟爸爸走進他的工廠。廠裡只有兩個人的軍階比我爸爸大，他們是廠長和副廠長，兩人的帽子上都鑲著我爸爸沒有的那種金飾。有一次，廠長帶我們參觀廠裡的俱樂部。裡面的人看到我們走進來都停止活動。後來廠長要我陪他打了一場乒乓球，那是我第一次打這樣的球，卻吸引了所有人的圍觀。離開鄉下以後，兩樣東西一直都在我的記憶裡。它們是魚塘上空飄著帶有鹹味的空氣，以及廠長軍帽上鑲著的金飾。後來爸爸在台北升到同級的軍階，卻沒有戴上鑲有那種金飾的帽子。再過幾年，爸爸退休了。我一直沒有詢問他關於那金飾的問題。我想我自己找得著答案，何況我並不眞的那麼想知道。

我們從大廳裡走進賣酒的房間。已經有好幾個人站在櫃台前。他們都是老人，是那種迷信人數的時代所製造的老軍人。爸爸帶著我觀看架上陳列的酒。我們在那裡看了一陣子，只爲了等待隊伍上的人數減少。然後我們站到櫃台前，雖然那裡的隊伍還沒完全清除。我開始瞭解爲什麼人數在那個時代扮演了關鍵角色。

我和爸爸站在那裡，看著服務小姐拿舊報紙將一瓶瓶的酒包裝起來。我開始感到有些難過，不是因爲她在使用老方法來提供服務，而是我對這個年輕的小姐竟然產生不了興趣。在我受訓的那段時間，那時我還只有十八歲，我們站在供應站前的隊伍中，除了購買比外面便宜的菸酒，還可以看到年紀稍長的小姐慢條斯理地遞出貨物來。軍事學校的校長曾經站在講台上訓示，供應站的小姐也是平常人家的姊姊或妹妹。這麼講當然只會激增我們內心的慾火——我們感興趣的正是平常人家的姊姊或妹妹。

爸爸問我要不要也買瓶酒。我說好，這可是臨時興起的念頭。這下輪到爸爸著慌了。他帶的錢不夠，而且他總認爲自己應該付清所有的帳。我搶在爸爸前面付了帳。在敲著鍵盤的時候，服務小姐對爸爸說，就讓你兒子孝順一次嘛！這話打動了我的心坎。我看了那小姐一眼，突然喜歡上她偏黑的口紅顏色。

我們順著原路走回去。現在我已經弄清楚我是怎麼來這裡的。沒有錯，那天確實是我回台灣的第一天。然而我不是直接從機場過來的，從機場根本沒有通往這裡的巴士。我回來的那天是六月下旬。十多年前，我離開台灣的日子也在六月下旬。多年在美國，我已經忘記六月是如此殘酷的季節，會讓人興起逃離這裡的念頭。我在爸媽的房間裡補了一覺。媽媽還爲我打開冷氣。我嫌冷氣機嘈雜，卻很快昏睡過去。醒來以後，我的頭像撕裂一般難受。我拒絕在腦子裡換算美國時間，並且答應爸爸陪我出門去。這是他已經計畫好的事。一旦他計畫好，就容不得你提出不同的意見。台北好熱，我好渴望能夠坐上有冷氣的公車。我對自己的脆弱感到十分失望。美國四季的溫差雖然大，屋裡卻調好了適合人體的溫度。你只需要在適當的時機走到戶外，享受你是個四季人的假象。爸爸帶我到衡陽街，要爲我訂做一套西服。謝謝老天爺，西服店裡開著冷氣。後來，我沒有穿上這套西服，因爲我很快就發胖了。爸爸曾經爲我訂做兩套西服，兩套我都沒有機會穿。前一套是爲我結婚而做的，我並沒有在台灣結婚。我跟爸爸走出西服店。午後的台北像火爐一樣炙熱。我們走到西門町。那時中華商場還在。我們走到那裡的站牌，等了好一陣子，沒有一部公車開來。爸爸決定帶我到街對面去。這就是我來這裡的原因。我來這裡，純粹只因爲爸爸曉得這裡有個公車可以搭。

我攙扶著爸爸走過十字路口。我們走到人行道上。

我想到這些年裡，爸爸的活動一直都沒有脫離這個區域。

我扶著爸爸坐進車子。

我也從另一側坐進車子。

回程比來路輕鬆得多。現在我知道自己要往哪裡駛去。

我把車轉進愛國西路。

我特地將車子駛入慢車道，這樣我才有把握轉到重慶南路去。

我們在紅燈前停下來。

爸爸突然轉過頭來對我說，這個日本房子好老了，好可惜！

我從爸爸的那一側望出去。爸爸眼裡看到的一定不是我現在看到的樣子。我看不出哪裡有日本房子，我也不知道什麼東西好可惜。

我沒有回應爸爸。我不想將談話拉到糾纏不清的題材去。

我將視線移到房子的旁邊去。

那不是「自由之家」嗎？我開口問爸爸。

爸爸含糊地說了什麼，我沒有聽清楚。我想他也沒聽清楚我說了什麼。

也許那棟藍色房子，那棟躲在樹籬後的木造房子，才是爸爸講的日本房子。

我沒有向爸爸確認我的想法。

我已經好久沒有想到那棟房子，即使我仍然有機會經過這裡。

我在想，從什麼時候開始我曉得有這樣的一個地方？

好幾種可能同時出現在我的腦海裡。也許我隨著爸爸前來拜訪下榻那兒的親戚。我也可能坐在親戚的車上，聽到他說自己在這裡見到了另一位親戚。也許我只是跟隨爸爸坐在公車上，他突然指著這房子要我看，就像他現在指著它一樣。如果這件事確實發生過，那應該是我跟隨爸爸來台北出差的時候，那時我們的家還在南部鄉下。或許我來過這裡不止一次。當我第二次經過這裡，想起前次發生的事，兩件事便無可救藥地糾纏在一起。

我繼續想著。我想了半天，仍然得不到答案。

爸爸必然累了。我眼前的使命是載他回家去。

# 機　場

進入大廳後的商店倒是我可以接受的選擇。在這裡，人們的腦子突然變空白了，可以接受任何暗示與想像。從空洞而透明的眼神，你可以看到那裡面在想著甚麼，送甚麼禮物給親友，編織甚麼謊言給家人，一切都像玻璃缸裡的金魚，淺顯而易懂。

如果我再度年輕，而且被問到將來想做甚麼，我會說我想在機場工作。我曾經想當火車司機，又想當巴士司機。這兩個志願在我的作文本子裡輪流打轉，直到老師在文章的末尾評論，要嚴肅對待自己的人生。那是我年輕時的想望，眞正年輕時的想望。在那個時代裡，我還無法想像，自己有一天會乘坐飛機離開這裡，離去了又回來，而且反覆了無數次。

我已經完成出關手續，走進亮著溫暖燈光的出境大廳。理論上我已經離開國門，離開一週內不會好轉的梅雨天氣。因爲天氣不好，我給自己預留很長的時間在前來的路上。路況並沒有想像的那麼壞，現在我可以把省下的時間花費在大廳裡。留著長髮的小姐，好整以暇地站在明亮的燈光下，相互握著的雙手隱藏在自己的身後。她們並不如想像中那麼好客，看到我在大廳裡無所事事，也沒有上來招呼我的意圖。陰雨天氣必然影響了每個人的心情，包括我自己的。我實在無法想像，我會在十二小時以後出現在陽光和煦的洛杉磯。

我的腦子還在想著早上檢視過的皮夾子。那時我嘗試把一週內不必使用的卡片抽出來。這工作並沒有想像的那麼容易。開車進院區的感應卡確定可以拿出來。上下公寓電梯的感應卡卻必須留在皮夾內。健保卡總讓我猶豫不決。每次我都決定留下它，雖然沒有一次派得上用場。行車執照可要暫時擱置在皮夾裡，我還得開車出門一趟，去媽媽家拿表妹留在那裡的紅包，送給我女兒的紅包。

「暫時留在妳那裡好了。」昨晚我對媽媽這麼說。

「你明早不能過來一趟嗎？」媽媽不放鬆地問。

「我還得花時間整理行李，要是不小心忘了甚麼——」我說。

「隨你便吧。這是你表妹的好意。」媽媽說：「要不是她提議給你爸爸過生，也不會曉得你得去參加女兒的畢業典禮——」

「我明早會去拿。」我改口說。

離開爸媽家的時候，天開始下起雨來，雨水從此就沒有停過。

我買了一杯咖啡，坐在出境大廳的窗邊。窗外仍然是雲霧滿佈的天氣，模糊了距離不算太遠的建築。這一切討人厭的東西，在我到達這裡以後，突然都變得無所謂了。從那時候起，我就開始想，如果我能夠再度年輕，一定要在機場裡謀個職位。我把杯子湊進嘴邊，企圖吹涼杯裡的咖啡。原本是零售小姐在聆聽的音樂，這時跑進我的耳裡。有一陣子我聽得很入神，甚至不得不承認，這音樂並不討人厭，還有一種我喜歡的小說韻味。那不疾不徐的歌聲，像是沒有被自己啜泣所擊敗的女孩所唱的，一口氣述說了男人許多的不是，還回想了他曾經對待她的好處。唯一討人厭的是，這歌聲不是從收音機、而是某個奇怪的機器播放出來的。因此它可以一再重複，唱完了一遍又重唱一遍。後來播放的聲音變小了，然而一到熟悉處，我的腦子又不免被它牽扯著跑。如果整天得坐在這裡，我的腸胃裡流動的食物液體想必也會發出類似的韻律來。

我曾經出入世界各地的機場，最多的當然是本國的機場，次多的則是堪薩斯機場。那時候，我還在大公司裡工作，一個活過輝煌時代的公司。雖然我沒有經歷那個時代，卻看到前人所遺留的氣息。我猜你一旦活在這樣的世界裡，就很難把那種氣息摒棄掉。現在回想起來，我的一生總是在這樣的環境裡周旋。也許每個人的一生都在追求同樣的東西，唯一的差別只有幸與不幸。當你變得不幸，你會發現自己開始批評那個當初誘引你進入其中的環境，所使用的評語與刻薄竟然與局外人無異。

總之，有一陣子我時常去堪薩斯城出差，幾乎每半年就去一次。一開始我是差旅團裡最年輕的一位，後來還有資歷比我更淺的。我在那裡吃過全美最厚的牛排，買過送給我女兒的填塞動物。那是一隻咬著鞋子的小拉不拉多犬，是我看過最可愛的小狗，我女兒卻沒喜歡過它。總之，當我變得非得去堪薩斯城出差不可——這意味著我必須隻身前往——我開始厭煩那個地方。那是我在那裡待過最長的一段日子，中間還有風雪來襲。這個印象牢固地留在我的腦裡，因爲我曾經在半夜醒來，企圖打開通往涼台的門，享受中西部夜晚的韻味。迎接我而來的卻是一場無聲無息的風雪。受到如此肆虐的堪薩斯城，在那裡默默地承受著，以爲撐到了天亮，就可以對人否認夜裡曾發生這樣的事。

離去堪薩斯城的那天，積雪終於融了。我才在上午跟一位女士吵了一架，中午又接受她老闆的款宴。跟我吵架的女士在飯桌上稱讚我是她看過脾氣最好的人。我在猜，那是因爲我根本沒有回罵她，雖然心裡跟她一樣有氣。開往機場的路十分順利，事實上比以前順利得很多。天氣轉晴了，很多人似乎還沒有意會到這個轉變，或者做出及時的回應。我的車子行駛過殘餘的雪水，有勢如破竹的感覺。轉晴的天氣使得機場的四周變得清爽又美麗，尤其是當你從大廳的落地窗看著這一切。我記得我已經在櫃台前喝了一杯雞尾酒——這是你隻身出差的好處。我坐在候機室裡，那時距離起飛的時間還早。我刻意提前到達那裡，我猜那時候我已經偷偷喜歡上機場裡的一切。你不必憂慮自己的未來。起碼有一兩個鐘頭的時間，你甚麼都不必憂慮。我看著窗外。一排從我的視線左邊延伸到右邊的樹林，站在地平線上。怪怪，我一點都不誇張，雖然那只是機場的邊緣。也許人跟地平線的距離只有一個機場那麼遠，一個堪薩斯機場那麼遠。樹林的背後或中間還有一個水塔，我確定那是一個水塔，我猜想有一陣子這世界上的水塔都長得像那個樣子。這就是我所看到的一切，除了水藍藍的天以及綠油油的草，也許還有天上的雲，這時都變得跟那個水塔一樣小。我猜從那時起，我開始喜歡機場和裡面的一切。而且我很快就睡著了，是那杯雞尾酒的功勞。

現在我必須去洛杉磯參加女兒的大學畢業典禮。這意味著，我必須停下手邊的工作。我也許並不那麼熱愛自己的工作，我是說，我並不是只有這份工作可以忙碌。然而每隔一陣子，我總有點兒突破，讓我重拾耐心，和小小的驕傲。否則我會想，我應該全心去寫作。寫作——哈，那一向是我安慰自己的把戲。我只出版過一本小說，銷路並不好，如果有任何銷路可言。

我站了起來。距離登機的時間已不到一個小時，我還沒有去逛逛大廳的前後。我打量了一下自己的行頭，確定隨身的物品都帶齊了。事實上我並沒有甚麼特殊的物件在身，只有一個數位照相機。我從來沒有攜帶過它，甚至擁有過它，如果不是爲了這個畢業典禮。當我重新走回那條長廊，我開始感覺到一種騷動，當然跟我無關，而是走在過道上的人增多了。

如果可以選擇，我會考慮在機場的哪裡工作？必然不是剛入口的位置。比如說，給人家兌換外幣的。那裡的顧客，眼睛總不對著你，心裡面有太多的事情正在盤算，到達這裡以前的，和以後的。我也不會選擇給乘客劃機位的櫃台。在那兒，人們依然不把眼睛對著人，而是他們的行李，剛遞出的護照和機票，也許還有憋在他們心裡的一股氣。當然是靠走道的位子，不然還能坐哪裡？你以爲飛機上的座位有多寬敞？我也不會選擇那一長排驗關的位置。在那裡，人們會不停地瞪著你，裡面帶著一種輕蔑與藐視。把我扣留下來吧，把我關起來好了，只要你有本事。眞正想偷渡的，你們卻一個都抓不到。連身上沒有證件的，都可以從你們眼前大大方方地走過。

進入大廳後的商店倒是我可以接受的選擇。在這裡，人們的腦子突然變空白了，可以接受任何暗示與想像。從空洞而透明的眼神，你可以看到那裡面在想著甚麼，送甚麼禮物給親友，編織甚麼謊言給家人，一切都像玻璃缸裡的金魚，淺顯而易懂。事實上，座落在落地窗旁邊的位置也是很好的選擇。站在那裡的小姐，好像被其他的小姐排擠到廊道對面去。這樣反而比較好，適合我的個性，不在人多的地方跟人家爭這個、搶那個。這其實是我從女兒身上觀察到的特點。跟一群聽故事的小孩在一起，她總坐在所有小孩的後面。這樣她可以選擇不聽，當然更可以不回應那些荒謬可笑的問題。你們猜莎士比亞怎麼想？我怎麼會知道，那是四百年前的事，當時我根本不在那兒①。

或者我可以選擇靠近候機室的商店。在那裡，你可以體會到眞正要離去的感覺。你會看到，人們的臉上出現了割捨與不耐。仍然在交談的伙伴開始把話語削成短短的，眼睛不再注視彼此，都一起轉向登機門，好像在空氣裡嗅到了某種氣息的狗，站在主人的面前，不看他的衣服或動作，而是他出門的意圖與決心。

曾經有一段日子，我渴望經常出門旅行。我對著年紀還小的女兒抱怨：如果沒有妳，爸爸每年一定要去歐洲遊玩一趟。我的女兒，咬著自己的奶嘴，含笑聽著我的怨言，好像一隻急於討好主人的狗，把對方說的每句話當成對自己的獎賞。出門旅行時，我們依然帶著她。女兒報答我們的，卻是在機艙裡哭鬧。哭得最大聲的時候可能是她聽不到自己哭聲的時候。或許因爲如此，她才哭得那麼歇斯底里、那麼聲嘶力竭。我抱著她，在狹小的走廊上來回踱步。這動作的功效不錯，只是維持不到坐下的時候。最後航空小姐來了，帶來一隻滿載冰塊的杯子。把冰塊塞在衣服裡，還是如何？我不解地問。不是，是給她含在口裡的，小姐微笑地說。果然有效，女兒不哭了。剩餘的旅程則是値得的。陰冷的舊金山街頭也不能阻止她高興地跑。小孩天生就要快樂，你無法阻止他們。

然後她上學了。每個早晨，趕搭校車是最苦惱的事。除非像椿子般立定，否則校車總是從我們面前呼嘯而去。末了，我只好自己開車送女兒上學，到達學校的時間反而比校車早。

每天下午，我去學校接女兒回家。有時我在大禮堂裡找到她。廳堂的屋頂有好幾個人疊起來那麼高，裡面的桌椅大多移走了，讓出足夠的活動空間來。儘管如此，孩子們卻喜歡跑到堆放器物的地方，好讓其他的人逮不著、甚至看不見他們。有時候，我必須走到操場去尋找女兒。那兒既空曠又安靜，上面躺著沙礫和陽光。空間雖然寬裕，孩子們寧願擠在滑梯下的陰影裡。那時陽光已變得柔和，裡面混和了橘黃的顏色和放學的氣氛。女兒看起來很快樂，其他的小孩看起來也很快樂，陪伴他們的大人卻不一定如此。

然後我們分離了一年，在台灣重新聚合。女兒開始在那裡學中文，用手慢慢刻出象形文字。我不想教她這種文字，而且無法理解它怎麼會那麼難學。我也無法教她英文，雙語學校的英文課本真難，比我讀過的大學課本還難。數學倒不是問題。習題她都會做了，考試倒不一定那麼順利。我開始懷疑自己的決定是否正確，我感覺自己跟女兒一樣，對本地文化有一層隔閡。星期三下午，我到學校去接她，我們一起去菜市場買菜。我們站在攤子前。我看著老闆把土雞剁成一塊塊，女兒則站在我身後，把頭別了過去。風穿過這時顯得有些空曠的市場，吹到我們的臉上，裡面有鹹菜的味道，也有雞屎的味道，讓我想起我以前度過的日子，也想起我在美國接女兒回家的日子。我跟女兒都需要這段時間來調適自己的生活。

然後我們再度分離，這次變得永恆的分離，雖然我們都說以後還會見面。女兒隨著媽媽去國外了，去另一個國外，對她、對她媽媽、對我都如此。我在機場送她們離去，心裡想，這樣也好。我沒有對女兒說甚麼，她也沒有對我說甚麼。女兒必須跟著媽媽走，她的年紀還不夠大。也許得到自由的是她，從此不必夾在兩張不愉快的臉孔當中。我開始定期去看女兒。我帶她去遊樂區玩，有時玩整個下午。女兒變大了，變成熟了。看到猴子爬到遊樂車旁邊，向人要食物，她只說了一聲my gosh，又輕輕笑了一下。吃晚飯的時候，她告訴我，平常上完課，她會跟同學去墨西哥食物店待個一陣子。這些美國出來的小孩，我當時在心裡這麼想。

這樣的日子過得很快，像青少年發育的身體一樣快。女兒申請到大學了，給寵壞小孩讀的大學（University for Spoiled Children, USC）。鬧烘烘的宿舍，住進去的似乎都是那樣的小孩。她媽媽咬牙切齒地說，這沒良心的小孩，要她再陪媽媽住一晚旅社，她都不願意。我卻暗自感到高興。我只希望她快樂。我願意給她更多的快樂，兩倍、二十倍的快樂，只要我能夠。然而我不能，因此很高興她自己能夠找到它，起碼願意去追尋。大二的暑假，女兒到台灣來。她必須學會開車，好在下個暑假找到實習工作。一開始，我接送她去教練場。那是炎熱的下午，空氣裡幾乎沒有風。我放下她，算好了時間回來接她。後來我時間不夠，央求奶奶陪她去。這樣，她們得轉好幾趟車才能到達教練場。末了我開車送她們回去，那時天邊已出現橘黃色的雲朵。

奶奶偷偷告訴我，女兒學車的意願比甚麼都高，還在看一些不知從哪裡印來的手冊。我知道那是從網路上找來的。我很高興她已經下定決心，要成爲獨立自主的人。到了春假的那一段日子，我們帶她去看車。廠牌沒得選，只能選顏色。經過好幾天的折騰，她終於拿到自己的車鑰匙。我看到她小心翼翼地將車開進車庫裡，走出車子以後開始抱怨同房的伙伴留給她較小的位置。我知道車子已經取代了我。我為她感到高興，也為自己要再度離開那裡而感到難過。那寬敞的馬路、明亮的陽光，不知道從甚麼時候起，我已經喜歡上它們。然後女兒找到暑假的實習工作。然後她拿到A的成績，進入教務長的排行榜。接著她又找到CBS的實習工作。這些都發生在她讀書生涯快進入尾聲的時候。

我的班機已經在呼喚乘客登機。我要再度飛往洛杉磯。我還不能感受自己在那裡的感覺，儘管我知道，迎接我的將是豔陽的天氣、寬敞的馬路，還有一個畢業典禮。我已經出入機場太多次——並不是像以前所期望的去世界各地旅遊，而是去開會和幫忙女兒打點。我想我已經厭倦這樣的旅行，我的女兒也不再像從前那麼需要我。也許我可以在機場找個工作，每天站在這裡，看著人們從我的面前走過，緊緊張張地排在隊伍中，不管是哪一個隊伍，到頭來總是在重複我已經做過的事，不再那麼感到興奮的事。這樣的工作對我也許是個新嘗試，雖然我已經沒有機會再去嘗試它，甚至把它當成我的志願，不管我還願意或不願意嚴肅地對待我自己的人生。

——寫於中正機場與洛杉磯旅館

①這是福克納在某個文學課堂裡對老師的答覆。

# 二〇〇一

他到達目的地，雪已經飄下來。

候車室已經上了鎖，把他用得上的溫暖關在玻璃門裡。

殖民時代便開發的小鎮，靜靜地躺在風雪裡。簡樸的木造平房，老老實實地圍繞在停車場的四周。

回家眞是個奇怪的概念，回來的地方竟然比曾經離去的地方還陌生。

他對女兒說：爸爸跟二十世紀相處了那麼久，突然離開它還眞有些捨不得。

怎麼會呢？愛咪反問他。

愛咪很少會回應他隨口說的話。所以即使這麼簡短的回答，他依然有著受寵若驚的感覺。

他接著說：過去上國文課的時候，我還爲出生在上世紀的作者感到難過呢。

他心裡想的是像梁啓超、胡適那樣的人。當他讀到這些人出生的年代，還忍不住在心裡皺了個眉頭。他會說，十九世紀的人跑到二十世紀來逞個甚麼英雄呢？然而他想到自己的女兒也奉獻了十幾年的青春給這即將退席的世紀，便沒有把心裡的話說出來。

這是他在九份的街頭對愛咪說的話。那是一條位於山腰上的窄街，兩旁都是供觀光客瀏覽的商店。山上的天氣並不好。駕著車子往那兒跑，他還儘在猶豫著。愛咪的心情倒不壞。在快離去的時候，他們兩人站在被雨水打濕了的石砌街道上。他問愛咪想不想買一點東西。在那一刻，他又想起了已去世的妻子來。

愛咪猶豫了好一會兒，不知道要不要買下那雙玩具木屐來。店主人從後面又拿出一雙木屐，對他們說，這雙給人穿的木屐只賣兩百八十元，而他們看中的那雙卻要賣兩百五十元。一分錢一分貨，老闆又補充了一句。

愛咪仍然猶豫不決。最後她說，她身上沒有帶足錢。

老闆拿東西進裡面去包裝時，他問愛咪：妳要自己留著那雙鞋，還是要送給朋友？愛咪沒有回答他。離去的時候，他們從石階往下走。天色暗得早，下坡路的兩旁早已亮起昏黃的燈來。九份的街道看起來仍然停留在上世紀的模樣——上兩個世紀的模樣，現在他應該這麼說。

我來幫妳出吧。

去九份以前，他原本打算帶愛咪到「塔裡」去，去跟茵茵說幾句話。

妳自己去對媽媽講，妳有沒有做個好孩子，他原本要跟愛咪這麼說。

兩星期以前，愛咪的老師打電話給他，說她有一件事必須跟他談一談。

當然，他回答。

你曉得愛咪有個要好的同學，叫做麗莎嗎？

我曉得。

昨天，宿舍熄燈的時候，她們兩人都沒回來。

他的頭立刻暈了起來，他想他的報應來了。

她們並沒有做什麼罪大惡極的事，老師在電話裡繼續講。

那妳爲什麼非要告訴我不可？他在心裡說。

兩個人只是拍沙龍照去了，老師繼續說。

什麼？

麗莎有個親戚在中山北路開了間攝影館，這就是兩人跑去拍照的地方。

好鮮的點子，他說。

可不是嗎？老師繼續說，我擔心的是兩人從哪兒弄來的錢。不過麗莎告訴我，她們沒有花任何錢。

不可能不花錢的，他在心裡想。上個星期天，他才給了愛咪一萬元。

還有一件事是我擔心的，老師繼續說，只是不知道該不該跟家長講。

請老師說。如果在他自己的部門，像這樣吞吞吐吐的人早就被開除了。

我擔心的是，兩個人爲什麼要去拍沙龍照？當然，這個世紀快結束了，很多人都會想些奇奇怪怪的點子。不過，你不覺得奇怪嗎，兩個女孩子，卻要去——

這可把我給問倒了，他說。

請不要誤會我，我不是那種疑神疑鬼的人，也不是那種不開通的女性。我只是要告訴你這兒發生了這麼一件事。不過我得承認，即使我已經做了十二年的老師，有些孩子的想法我還是不明白。我只是擔心，有時候連她們自己也不明白。

謝謝妳，老師，我曉得妳在擔心什麼了。

這是個陰暗的下午，天上飄著細雨，他本來只打算喝杯咖啡就離開九份的。他和愛咪坐在一家面海的咖啡屋裡。遠處的大海是霧濛濛的，白色的波浪從堤岸的一頭刷到另一頭。因爲距離遠，他不可能聽到什麼，卻可以感覺到「刷、刷、刷」的聲音在那裡進行著。過了一會兒，同樣的程序又重複了一遍。

他想詢問愛咪有關拍沙龍照的事。他想聽到愛咪親口告訴他，她們只是利用那套背景拍了些尋常的照片。他想聽到的就只有這麼多。

然而他開啓了一個不相干的話題，他講起高中時搭乘軍艦出海的事情來。

他指著遠方的海灣對愛咪說：我們就是從那裡出發的。

那也是一個陰雨綿綿的日子。艦長對他們說：八、九級的風浪，要說不能出海，你們一定會失望。咱們就勉強走一遭吧，等一會兒可有你們受的。

船一出港，艦長的話立即就兌現了。他們在港外繞了一圈便匆忙返航。重新踏上陸地，大家都好高興，連飄在空氣裡的柴油味都變得很好聞。

沒話接續時，他打量著四周。那是一個完全由廉價材質佈置出的廳堂。沒有生命力的塑膠花纏繞著窗沿，負載力薄弱的材料拼湊出一張張勉強可以使用的桌椅。坐在這些東西當中，你必須跟自己講：反正我不會在這兒待太久。他懷疑店主人走過這裡時，是不是也在心裡講著同樣的話。

他仍然嘗試打開剛才沒有開啓的話題，腦子裡卻出現自己出國前的情景。

那年的夏季跟往年一樣炎熱，唯一不同的是他們有了忙碌的目標。

程序最重要：先去辦護照，再去辦簽證，最後才能辦結匯。送件到內政部沒下文，就表示你犯過錯：當學生時亂講話，當兵時記了過，或者家庭背景有問題。美國大使館也可能刁難你。你最好有獎學金，英語也要說得流利點兒。沒把這些手續統統跑一遍，誰也沒把握出得去。

留學生聯合服務中心設在警備總部旁邊。走進設有拒馬的大門，好像回到入伍訓練的日子。先去那裡的窗口繳錢，再到這裡繳件。受過高等教育的人，連這點兒程序都不懂嗎？

在駐台辦公處外排得長長的隊伍裡，有個忿忿不平的中年人說：讓人站在大太陽下等，不請咱們進去，在美國有這回事嗎？我要把這裡的情況拍張照，送到國務院去。後來他跟隊伍上的人透露，他已是naturalized的人了。

時間花得最多的事情還是出門購買東西。用得著的書本，能買的就買。寄出的時候，記得把出版商的那一頁撕去。還有大同電鍋，寄到國外去，挺耐用，十年後還用得著。

即將告別的台北，看起來不那麼討厭了。毒辣的夏季太陽，被曬得軟掉了的柏油路。午後寂靜的街道，販賣甘蔗汁的女子，攤子旁打瞌睡的中年人，必須在外頭工作的倒楣鬼。黃昏時，警察仍然在十字路口吹著哨子，人們在站牌旁插隊搶登公車，黃牛在電影院前面兜售昂貴的電影票。可是他要走了，大家自求多福吧！

上飛機的那一天，乾爹、乾媽、徐媽媽都來了。徐伯伯沒有來，卻要徐媽媽帶了一對金筆送給他。魯伯伯也來了，是魯家的兩個姊姊陪著來的。還有舅舅、舅媽、甚至表舅。許多人是趕來看茵茵的。媽媽當著大家的面哭了一鼻子，還使勁抓著茵茵的手。那些平日陪媽媽打牌的朋友也坐在她旁邊，有一句沒一句地安慰著。茵茵的母親則坐在遠遠的地方獨自掉眼淚。

擠在出關門口的送行人發瘋似地阻攔他們離去。他和茵茵好不容易擠進門裡去。人總算變少了。有幸走得進來的人操作著相同的動作，逃避彼此好奇的眼神。跨進機艙門的那一刻，他聞到從空地上吹來的熱風，裡面有濃濃的柴油煙味。他在茵茵的耳邊說，這下總算有出國的感覺了。他和茵茵就是在那時出去的，展開了當時無法想像而事後也不足爲人道的未來。

這麼想著的時候，他突然覺得，沒有帶愛咪去「塔裡」是正確的決定。孩子已經長得這麼大了，他實在沒有辦法想像，如果茵茵還在的話，她會是什麼樣子。如果他都無法想像，愛咪自然也無法想像。

他指著正下方的停車場，那裡只停了一部車，對愛咪說：我們坐在這裡是要看守著爸爸的那部老爺車。愛咪聽到以後笑了。

他們坐著的屋子是建立在坡地上的一棟樓房。從窗邊看出去，他看到的是比屋腳更低的地方。發生在去年的大地震讓他對高度產生了莫名的恐懼感。

爸爸第一次向他透露自己有懼高症，他已經有三十多歲了。那時他們正站在一台駛向山上的纜車。他聽到爸爸這麼說，還著實吃了一驚。也許，他應該等到愛咪那麼大的時候再告訴她。他無法想像那時的愛咪會是甚麼樣子。

離開咖啡屋，他和愛咪從階梯一步步往上走。咖啡屋的老闆告訴他們，到了階梯頂端，往右走，他們就會看到礦石博物館。

一路走，他一面跟愛咪講起九份名稱的起源。以前這裡只住了九戶人家，他說。一戶人家下山去買菜，其他人家就託他們帶菜回去。賣菜的販子看到他們，就會說：買九份的來了。

愛咪笑了起來。

他繼續說：爸爸當學生的那個時代，到這裡來只能坐客運巴士，只有一個門的那種巴士。乘客都擠在車門口，不肯走到後面去。

這次愛咪只「噢」了一聲，大概無法想像那種巴士的模樣。

他是跟茵茵一起來的。那時他還在當兵，他們要去的地方其實是金瓜石。半路上，他們從車窗上看到九份。茵茵說：好漂亮的山城啊。她還問，要不要中途下車。他擔心下車後買不到繼續前行的車票。茵茵說：那就算了。他說：要是金瓜石不好玩，我們就回這裡玩。茵茵轉過頭來看著他。茵茵看起來很開心。陽光照在她的臉龐上，風把她頭上的捲髮吹亂了，那包裹不住的臉孔顯得更瘦小。

他還記得，那個黃昏，他和茵茵一起搭乘客運巴士回到西站。茵茵答應送他上火車。時間還早，他們可以在那裡慢慢地溜達。他們走過花店。那是他到台北來第一個留意到的商店。茵茵並沒有把視線飄向那裡。他們走到廣場去。充滿水份的空氣弄淡了遠處的霓虹。穿梭不息的巴士在下頭發出了喘息聲。它們既不打擾他，他就不理會它們。小販也知趣。看人走近了，喃喃自語個幾句；眼看得不著效果，又各自整理起自家的攤子來。

茵茵想走進候車大廳去，他怕在那裡碰見相識的人。他們站在拱門下偷窺，廳堂裡的燈光昏黃。一排擦鞋郎坐的板凳，上頭全空了。冒著白煙的蒸汽機車從黑漆漆的月台邊走過，引不起任何人心焦。他們走到車站的左側去。那裡空曠，他們可以看到一節節貨運車在看不見的鐵軌上悄悄地滑行。

電話鈴響，久久沒人搭理。那個點著燈的辦公室想必無人看守，燈光依然傾瀉到漆黑的月台上。他們站在比人高的柵欄旁。茵茵沒有移動的打算，任憑他把手放在她的頸子上、頭髮裡。他們都知道，他的役期快結束了，卻沒有任何興奮的感覺。在前頭，還有等著他們去面對的未來。

在九份的街道上，他曾經想問愛咪：妳還記得媽媽的樣子嗎？

他只看了愛咪一眼，立即覺得自己的問題很無聊。愛咪可能會點點頭，心裡想的卻是茵茵在照片上的樣子。

那時他正站在一家藝品店的外頭，愛咪則站在右後方。他看著那些面朝外擺置的工藝品。一只形狀如雞蛋、體積卻大了好幾倍的石頭吸引了他的注意。他仔細端詳著那石頭。怎麼看，都無法判斷到底是製成品，還是琢磨過的自然物。

店裡的女主人走出來對他們說：歡迎光臨指教。愛咪往他的身後移了一步。在剎那間，他想起茵茵和他也曾經徘徊在一家藝品店的門外。那時他們已經在美國，凡是要花錢的事都會讓他們躊躇不前。

那是一個平常上課的日子，他跟茵茵決定去看一部電影。他們還沒離開台灣就讀到它的影評。三塊錢兩張門票，挺划算的。電影院裡一共只有他們兩個觀眾。看完電影，他們在電影院旁邊的商店走了一圈，才走回車子去。孤伶伶的車在空地上站了兩小時，裡頭熱得像個蒸籠似的。茵茵說，以後他們應該多去看電影，電影院裡好涼快。茵茵只是重複他走進電影院以前講的話。他卻沒有理會她。他在想，時間還很早，自己得回研究生房間待個一陣子。

他轉身問愛咪：妳陪爸爸進店裡去看一下，好不好？愛咪聳了聳肩，表現出無可無不可的樣子。愛咪的個兒蠻高的，上身卻總忘了挺直，看起來有點兒駝背。茵茵要是還在的話，一定很驕傲自己的女兒已經長得這麼高了。

女主人看到他們走進店裡，決定暫時不打擾他們。店裡陳設的物品還不壞。他可以感覺到主人是帶著藝術的眼光來挑選它們的。價格也不會高到讓人立即想跑掉。偶而有一兩個標籤，上面的0多得需要細數一遍。

他從木桶裡取出一支用稻芒編成的小掃把。桶上貼著紙條，上面說它們可以用來清理電腦螢幕。五十元三支，他唸給愛咪聽。

我們一人拿一支，他說，剩下的一支送爺爺，妳覺得怎麼樣？

愛咪回答：可是爺爺沒有電腦。

他說：他可以用來刷鞋子。爺爺不總是嫌妳的鞋子不乾淨嗎？

嘿！愛咪發出了抗議聲。

店主人在結帳時對他說：很多人都喜歡買這種小掃把。

都是甚麼樣的人呢？他問。

她一時答不出來，便藉故忙碌，沒有回答他。

他們走出藝品店。沒走幾步路，他就看到一模一樣的小掃把，放置在門外的櫃台上。

我們恐怕上當了，他指給愛咪說，也許一支掃把根本不值十塊錢。

老天爺，愛咪回應。

妳不要跟爺爺講就好，他說。

愛咪很認眞地點了點頭。

再次走過礦石博物館的時候，他聽到一隻樂曲從屋子裡飄出來，斷斷續續的，像遠處的海景一樣。他可以感到樂曲一直在那裡，卻總被甚麼東西遮檔住。隔了一陣子，他聽不到樂曲了，卻感覺它仍然在腦子裡。

他想起自己在哪兒聽到這音樂了。那是一家專賣中國貨的商店，他跟茵茵常在星期五的傍晚去那兒採買，那時他們剛買下那部舊車。星期五的晚上，剛進家門不久，他就提議出去吃晚飯。茵茵很快便說好。上了車，想到得出去花錢，茵茵又猶豫不決。最後他們總把車子開到中國商店去。

全城只有那麼一家專賣食料的中國商店，開車去那兒要在公路上飛馳個二、三十分鐘。路上的車子全行駛在相反的方向上。他們的前後則是黑漆漆的，只有公路邊的招牌會發出一小團光亮來。

音樂的名字是〈梁祝〉，他還記得自己曾經跟茵茵提起。每次他們在那裡，聽到的都是同一首曲子。後來聽熟了，他只忙著把商標上的價錢折算成新台幣。有好長一陣子，他都忙著在做這樣的事。經過了那麼多年，沒想到音樂還留在腦子裡，事情卻幾乎忘光了。

那段日子裡，日子總是在拮据的狀況下度過。最讓他感到心疼的就是購買那部車。第一年暑假，車子派上了大用場。他們開著它跑到老遠的地方去找朋友，去找跟他們同一年到達美國的朋友。好像找到了那些人，他們就找到了在美國的自己。

那一次，茵茵也幫著他駕駛了好長一段路程。趁著夏夜來得遲，他們駕車到晚上十點才投宿旅社。下了車，兩人都累得直不起腰來，決定在房間裡啃掉次日的三明治，代替出外覓食。第二天傍晚，他們趕到朋友家，汽車輪胎卻磨掉半個邊，還花了二十幾元修理費。

從九份回來的晚上，他問愛咪：明天就是新的世紀了。妳會喜歡它嗎？

愛咪說，會呀，好像在回答「妳會喜歡這學期的老師嗎？」或者「妳想跟我去看場電影嗎？」

他繼續說：說不定，到了下世紀，台灣就沒落了，好像英國到二十世紀就沒落了一樣。

愛咪說，她知道。好像這兩件事都已經寫進歷史課本裡。

說不定，再過一兩年，爸爸就沒錢供妳讀大學了。

噢！

說不定，到時候，爸爸還得靠妳寄錢來接濟呢。

爲什麼我會比你有錢呢？

因爲那時候，妳已經在美國呀。美國不會這麼快就沒落的。

嗯，愛咪說。

愛咪眞好商量。

車子一路往山下滑行。天色逐漸黑了。閃著漁火的海景很快便離開視線。他開始專心開著車，沒有繼續跟愛咪講話。等車子駛進了瑞芳，他已感覺不到愛咪的動靜。

妳睡著了嗎？他想開口問愛咪，又忍住了。何不讓她再睡一會兒。在美國的時候，愛咪就喜歡在車上睡覺。

爲什麼他要帶愛咪回台灣呢？好在愛咪還沒學會問這類的問題，也許只是還沒學會在他的面前問。十歲的時候，愛咪就隨著他回到台灣來，不知道在這裡等待著她的是什麼樣的生活。到了有能力質問的時候，她已經忘掉那衣食無虞的國度、無憂無慮的童年、自己曾經是個好命的孩子。

也許不算太好的命。出生在留學生的家裡，那時爸爸的論文還沒寫完。

奶奶看到愛咪，卻開心得不得了。

奶奶說：很不錯了，好不好？一生下來就是美國人，爸爸也找到事了。

茵茵轉動她虛弱的臉，瞥了愛咪一眼，沒說甚麼話。

愛咪則躺在那兒，睜著一隻眼，閉著另一隻眼。

不會有甚麼毛病吧？他隨口說。

不要亂講，好不好，奶奶回應。

好娃兒，妳爸爸可冤枉我們了，對不對？剛生下的小孩誰不是這樣呢。

回家的第一天，家裡沒有給愛咪睡的床，他們很快就要搬家了。可是，孩子怎能睡地鋪呢！奶奶說：我看妳這個爸爸，簡直昏了頭。把她放在沙發上不就得了，奶奶又說：沒有東西圍著又怎樣？那麼小的娃兒，你以爲她會翻滾啊？你放下去試試看！ㄟ，這就對了。你自己看，她會不會翻滾？你看嘛，整天都翻不到哪裡去。

爺爺奶奶沒待滿兩個星期就走了。

他們也要搬家了，而且要開著車子去。否則到了那邊，連個交通工具都沒有。

雖然說儘量少帶東西，東西還是堆到了車子裡。

沒關係，他對茵茵說：妳跟愛咪坐後面，東西放前座。

那麼長的路，你不要人幫忙看路嗎？茵茵問。

最後他們決定，行李箱擺在愛咪旁邊，其餘的擱車尾。大件的箱子，還是從台灣帶來的，卡在前後座中間的凹洞裡，挺穩的！傻愛咪，沒看過這麼大的東西吧？放靈光些呦，如果行李箱倒向妳那邊，可要哭出聲音來。

有嬰兒在車上，怎麼會那麼麻煩！一路上，他們不斷找休息區。太陽還在天上，時間卻超過下午六點。即使他們硬著頭皮趕去，鑰匙卻在別人手上。然而，房租已經付了，爲什麼還要住旅館？旅館錢，算算看，抵得上十天的房租呢。打個電話去試試吧，請他們把鑰匙藏在甚麼地方。

成了，沒問題了。他們說，這種情況經常發生。鑰匙已經放在一個信箱裡。必要時，還可以打電話去他家。這可是美國耶，記得嗎，咱們是在美國耶。

車子快駛入台北市界了。黃昏的景色在高速公路上看起來都很像，只是這裡沒有美國那種漫無邊際的孤寂。

他們在美國也有過無憂無慮的日子，這是他搬了家以後才有的感覺。

他結束了博士口試，二十多年的學生生涯就這麼結束了。忽然間，他有種不知所措的感覺。趕緊回家去吧，回了家再說。根據氣象預報，東部有一場大風雪，所有機場在一兩小時內都要關閉。灰狗巴士成了唯一的選擇。茵茵在電話上說，她可以去車站接他，她自信找得著那地方。

在車上，他睡了很安穩的一覺。車子慢下來好幾次。搖晃得最凶的那回，他醒來了。那只是一個小鎮，怎麼巴士連這種地方都要駛入？到處是黑漆漆的一片，偶而也看得到一條完整的街。孤獨的路燈，井然有序的商店櫥窗，拼寫出打烊酒店的霓虹。世代居住於此的人們，風雪就要來了，可準備妥當沒？

他到達目的地，雪已經飄下來。

茵茵說：我們很快去接你。我得先給愛咪換上厚衣服。

這裡也很冷，他卻沒有說。

候車室已經上了鎖，把他用得上的溫暖關在玻璃門裡。然而下雪總比不下的好。地面冷氣被天上吸了去，這點兒物理學知識現在倒用上了。

殖民時代便開發的小鎮，靜靜地躺在風雪裡。簡樸的木造平房，老老實實地圍繞在停車場的四周。在沒有汽車的時代，這塊空地是用來做什麼的？

回家眞是個奇怪的概念，回來的地方竟然比曾經離去的地方還陌生。

車來了，總算看到熟稔的東西，這車竟然跟隨他們好幾年了。

打開車後門，他馬上嚷嚷著：答啦，妳看誰回來了？

愛咪遲疑了一兩秒，立即咧嘴哭了。

怎麼回事？爸爸才離開妳兩三天呢！不習慣看爸爸戴毛線帽嗎？

茵茵說：你來開車吧，也許孩子只習慣你前頭開車的模樣。

車子已經駛入建國北路的高架橋。他知道等待在前頭的是醜陋的市容，擁擠的車陣，以及毫無章法的行車。這就是他所居在的地方，所有的親人也都居住的地方，只是爺爺奶奶住一處，他住另一處，愛咪則住在學校裡。

爺爺奶奶第二次到美國是他們最寫意的時候。他們剛搬進新買的房子裡。奶奶說，那是個安家的好地方。他自己也這麼認爲。

爺爺特別喜歡那片綠油油的草坪。他拿著修飾樹緣的剪刀在地上剪呀剪的，後來就喊不行了。

這麼大一片草地怎剪得完哪？爺爺說。

奶奶則在背後拚命笑他：老爺子啊！你又不是一頭牛，哪能跟割草機比呢？

奶奶的注意力大部份放在愛咪的身上。她一下子跟爺爺說，不准在愛咪的身旁掃地。一下子又叫爺爺躲著吃東西，免得叫她看了搶著要。有一次，愛咪把白天的月亮當成飛上天的氣球，這可成了奶奶最得意的話題。

爺爺奶奶本來不願意愛咪上幼稚園。然而茵茵說：孩子不早點兒講英語，怕以後走了調，他們才停止表示意見。

秋季來臨前，爺爺奶奶吵著要離去。他們是在星期天的深夜回去的。即使兩人一再要早點出發，到達機場已經有好多人趕在隊伍前。隊伍裡的人緊張地望著前頭，讓他想起自己也是從那擁擠的地方出來的。婦女們站在擺滿了一地的行李旁聊天，一面呼喊著四處奔跑的孩子。有一個男人跟櫃台小姐爭執著什麼。不久，那男人回過身，雙手合力將一個綁得緊緊的紙箱抓起來。身邊的人忙閃開一邊，讓他把行李抓到磅秤上。

離開機場，時間已經是半夜兩點。他想起過去在夜裡駕車去機場，接剛從台灣來的朋友。那些人一下飛機就急著發表對這國家的感言，他也迫不及待逐一駁斥他們。就這樣大家一路爭辯到他的家裡。進了門，行李還來不及放下，他們又繞著同樣的話題繼續爭執。現在，朋友們各奔東西。他一個人在深夜裡趕回去，只打算匆忙睡個覺，好準時上班去。畢竟，好日子已經結束了，人生中最美好的時光已經結束了。

從九份回來，他們沒有照原訂計畫在外吃飯。他把車子直接開回家，愛咪恰巧也醒過來。愛咪長大了，他在想，不像以前那樣愛鬧睏。

他要愛咪陪他一起做菜。他給愛咪指定的菜餚是生菜沙拉。

學會做這道菜，他對愛咪說：妳到美國以後才有蔬菜吃。

愛咪剝開包裹萵苣的保鮮膜，撕開一片片葉子。做好這些事，愛咪把兩手一攤，等待他下一個指令。

他拿了一個篩洗蔬菜的籃子交給愛咪。

小心呦，他對愛咪說，同時把解凍好的牛排丟進熱騰騰的鍋子裡。

聽到「喳」的一長聲，愛咪假裝做出受驚的模樣。

在那一刻，他想起他們在美國最後住的那個房子。

下班以後，他把愛咪從保母那裡接回來。進門時，茵茵已經在廚房準備晚飯。不要下去看電視呦！茵茵對他們說。他把愛咪抱進飯廳，把她放進高腳椅裡。愛咪的臉上有乳娃的奶香味。他順手把燈打開。燈光照亮了愛咪的臉，照亮了白色的紗簾和伸展到窗邊來的冷杉。

愛咪把清理好的萵苣用盤子裝了，問他要放在哪裡。他看了一眼已擺滿雜物的餐桌，對愛咪說：我們去客廳吃飯吧。

他們坐在沙發上，食物擺在茶几上。電視打開了。這是他平日吃飯的方式。

他累了，不想掩飾自己的壞榜樣，也沒有問愛咪想看甚麼特別節目。

電視新聞裡並沒有任何新世紀來臨的報導。

明天就是新年了，不是嗎？他感到有點惶惑地問愛咪。

應該是吧，愛咪說。

他看看圈在腕上的電子錶，確定自己的認知無誤。

去年的情況可沒這麼冷清。千禧年來臨前，人們在爭論這一年是否就是新世紀的開始。

新年前夕，媽媽打電話給他，問他怎麼不陪愛咪去看燈火。媽媽總是把「燈海」說成了「燈火」，他可不想花時間糾正她。他只說：愛咪有自己的朋友，我幹嘛老要跟著去？

你就是這個樣，不怕自己的女兒走丟嗎？

她是大孩子了，難不成我還要跟她一輩子？

好嘛，我說不動你，要是茵茵還在的話……。

這跟茵茵有甚麼關係！

他聽到自己突然提高了聲調，媽媽沒有繼續說下去。

那晚他本來想好好睡一覺，卻被街上的鬧聲吵醒了。那是跨年的時刻，一群聚集在路口的年輕人學著洋人在倒數計時。他想爬起來，從窗口往下叫：吵甚麼吵，現在離下個世紀還有三百六十五天呢！然而他睏得爬不起床來，連打電話去媽媽家問愛咪是否回家的力氣都沒有。

今年的景氣比去年差許多。失業的人口在節節升高，與他自己息息相關的科技產業已經走到瓶頸。今年愛咪並沒有吵著去看燈海，也許是他要愛咪過來住幾天，打消了她原先的計畫。

他轉了好幾個台，終於找到一個勉強跟新年有關的節目。

一個機械師模樣的人站在柴油機車頭旁邊接受記者訪問。揮灑在他們頭上的是燦爛的金黃色陽光，顯示這影片不是在今天製作的。被訪問的人說，這火車將要提供給大家做「台糖回憶之旅」。他才弄清楚，那是糖廠過去用來收集甘蔗梗的小火車。

爸爸以前也住在南部，妳知道嗎？他對愛咪說。

你早就講過了，愛咪說，可是我還以爲你住在南部的海邊。

他沒有回答愛咪。他心裡想的是，爸爸帶他搭火車到台北的事情。

爸爸很早就告訴他，去台北的火車分成山線和海線。爸爸還翻開那本時刻表給他看。凡是發往台北的班車，都在括弧裡註明了自己的身份。你看，爸爸對他說，海線的火車走海邊，山線的走山裡。好像有了這本時刻表，他就可以看出兩條路線的不同。

那次，他跟隨爸爸出差，火車走的是山線。臨走的前一天，他們才知道剛過境的颱風把濁水溪的鐵橋沖斷了。爸爸說，他們可以搭乘金馬號到台中，再從那兒轉火車去台北。一路上，金馬號走得並不十分順暢。他們到達台中，預計要搭乘的火車已經離站了。爸爸改買晚上七點鐘才出發的火車。估算一下，他們到達台北的時間是十一點。沒關係，爸爸對他說：你可以在火車上睡一覺，到台北我再叫醒你。

他們在台中待了一整個下午。颱風雖然走了，天氣依然陰暗。台中的街頭實在沒看頭，何況那不是放假的日子。最後爸爸帶他去看了場電影。《魂斷藍橋》，名字到現在他都還記得，電影可難看死了。進行到一半，他就睡著了。

在火車上，他一路倒醒著。進入山洞的那一刻，爸爸說：我們要進去了。他連忙把頭別向窗戶。你看外頭的那股煙，爸爸又說，都是火車頭冒出來的。別人聽爸爸這麼講卻把車窗關了，真掃興。這樣他只能在窗上看自己的模樣。過了一陣子，他問爸爸：我們還在山洞裡嗎？爸爸沒有說是或不是。他只說：你聽聲音就知道了。他聽不出來，爸爸也不肯告訴他答案。

他們搬到北部來，火車走的也是山線。走了一整天，火車才到達板橋。台北就要到了，爸爸跟他說，他們得準備下車了。然而火車停留了好長一陣子，長得讓人懷疑火車根本不打算往下走。

他看到月台上掛著一個白色的木牌，在「板橋」兩個大字下還有「台北」兩個小字，放在括弧裡。他問爸爸：這裡不就是台北了嗎？爸爸沒有回答他。媽媽卻叫他不要繼續跪在椅墊上。媽媽說：你好好坐著，等會兒車掌還要來驗票！媽媽每叫他做這做那，總會編出個好笑的理由來。

火車終於動了。好像要消除旅客疑慮似的，火車很快就飛馳起來。每經過橋樑、平交道、萬華站，它一概不減速。西門町很快出現了，這時火車才慢下來，像是要故意刁難那些等候在平交道前的車輛。看到橫七豎八的車子，他覺得這城市並沒有上回看到的那麼好。他還沒有說出口，火車開始轉彎了。嗤嗤喳喳的聲音，聽起來好刺耳，卻像是叫人準備下車的信號。等到車廂裡所有的人都站起來，擴音機裡才遲遲播出「台北到了，台北到了」的話語。

出了驗票的柵欄門，媽媽對他說，天暗下來了，你要小心跟著大人走！媽媽叫他提著一隻小行李，她和爸爸一人提著一隻大行李。他們走過一個花店。爸爸跟媽媽說，妳別看這店小，生意可好得很。他在心裡想，為什麼人要在車站旁買花？剛到台北來的人都要買束花送自己嗎？他們又走過一條長長的人行道。黃昏的台北街頭看起來像剛散場的電影街。即使他刻意不去看，亮著光的霓虹看板還是跑進了視線裡。他已經離開台南了。這念頭只閃了一下也就消逝了。二十世紀似乎是從他抵達台北開始的。沒想到這麼快，另一個世紀就要從後面趕上，並且取而代之。

妳今晚要跟我一起守歲嗎？他問愛咪。

愛咪在等他繼續講下去。

沒有去美國以前，我都會陪爺爺奶奶守到十二點才睡覺。

爲什麼？

小孩陪著守歲可以幫助爸媽延年益壽。

噢！

妳今晚願意陪我嗎？

我可以試試看。

這個給妳，他把電視遙控器交給愛咪。

如果妳睡著了也沒關係，以前爸爸經常會睡著。

可是爺爺和奶奶還是很健康，他補充說。

是呀，愛咪附和著說。

也許這樣卻害著了茵茵，他突然想。

愛咪選擇了青少年喜歡看的節目。他強打精神陪著她看了一陣子。

在廣告的時段中，愛咪利用遙控器轉著台。某個頻道裡出現了一群年輕人，正在東部海濱過夜，準備看新世紀的第一道曙光。海邊的風很冷，他們對記者說。愛咪似乎對這樣的活動不感興趣，她很快又轉了台。

他睡著了。在睡眠裡，他好像聽到茵茵在對愛咪說，電視機的聲音太大了，別人家恐怕會抱怨。他插口說，這裡可是美國耶，最近的鄰居至少有兩百碼那麼遠。他頓了一會兒，訝異自己使用的是美國人所習慣使用的「碼」。

他掙脫自己的睡眠，發現愛咪已經躺在沙發上睡了。

他起身把電視關掉，去房間拿出一條毯子蓋在愛咪的身上，同時把她留在臉上的眼鏡摘去。愛咪的嘴角浮現出一抹笑容來。

秋季來臨時，愛咪就要去美國讀書了。

他忽然體會到愛咪和麗莎去拍攝照片的意義。

出國前，他和茵茵也曾經在中山北路做了最後的回顧。他們買了些準備寄出去的書。茵茵捨不得離開那裡。那天的天氣很好，清爽的藍天預告一個頤人的秋季。他們用不上了，卻決定上平常不敢進的西餐廳吃一頓，那是他們留給自己一點小小的回憶。

他想到愛咪將獨自在北美洲度過她剩餘的學生生活。他想著，當愛咪走在滿佈落葉的馬路上，第一個會出現在她腦海裡的會是甚麼人？可能不是她的母親，也不是他自己，而是陪她一起度過生活的同學。

為什麼連這丁點兒的道理他都不理解？

他看著放置在壁櫥上的照片，突然希望能當著茵茵的面對她說，他不是一個好爸爸，從來都不是。他也不是個好丈夫，沒有承擔起茵茵遺留給他的使命。

在這深夜的時刻，照片裡的茵茵看起來注定無法撐過二十世紀的煎熬，即使她不曾被這世紀的疾病奪去性命。

他又看看牆上的鐘。新世紀已經悄悄來臨了。

# 阿桃，我的童年伴侶

如果我不以為站在我身後的人是阿桃，就不會把那張不快樂的臉留藏在心裡那麼久。現在我解脫了，我擁有充分的自由來想像阿桃的模樣。

我只有在照片裡看過阿桃。那時她站在我的背後，我則坐在竹藤編織的椅子上。瀏覽這些照片時，我注視著我自己的時間多於站在我後面的阿桃。我注視著那兩條肉揪揪的腿，從竹椅的縫隙伸出來，似乎在炫耀套在它們前端的黑布鞋。除此之外，照片裡並沒有甚麼精彩的東西，除了那隻小拳頭，被我的嘴整個吃了進去，你還可以在拳背上看到嘴裡流出來的口水。如果照片裡有甚麼故事，那應該是屬於阿桃的。然而我從她的臉上並沒有看出任何表情來。如果有，那只是刺著她雙眼的陽光，把她的眉頭擠成某種形狀，好像在嫌惡瞪視她的人，那個在照相的人，以及後來在看照片的人。

她的名字一直在我的腦海裡。我翻開相簿時，「阿桃」這個名字就會飄到空氣中，好像照相簿所保存著的那種淡淡的味道。我不知道自己從甚麼時候起養成了翻相簿的習慣。我只記得，我這麼做的時候，是在打發不能出外玩耍的懊惱。這時候，風從房子的一側吹過來，明亮的陽光從屋外照進屋內。如果這些印象全屬實，我翻看照片的場所必然是在安平的家。住在那棟日式房子裡可能是我家的全盛時期。那個時期距離阿桃的時代已遠，地點也完全不同。

跟阿桃在一起的時候，我們還住在沙鹿。對於那個地方，我的印象極爲稀薄；對於台中的街頭，我的印象反而比較清晰。這其實是一段完全重疊的日子。我們住在沙鹿，假日時則前往台中遊玩。我甚至記得去台中的路上，我坐在客運巴士裡。那是一路要穿越許多小鎮的巴士，中間總有人要下車，把座位留給還站著的人。媽媽會讓我先坐下來，我很快就在顛簸的車上睡著了，直到車速變慢，巴士的空氣變得鬱悶。這時候，我知道我們的車子已經行駛在台中的街頭。

我也記得我們住在沙鹿的眷村，外面有一條馬路，作爲村子的天然界線。過了馬路以後則是一個小坡。那並不是怎麼難爬的一個坡，我還存有站在坡上的記憶，眼前則是我們村子的景象，一排一排灰瓦的房子，聚合起來像是一張沒有表情的臉。我甚至記得，有一天我賭氣，獨自走到坡上。區媽媽很快跟著我上來，手裡拿了一個袖珍的粽子。「這個給你，寶寶。」區媽媽說。我說，我不要。剛才我向她討粽子，卻被我媽罵了一頓。「你拿著，」區媽媽說：「我跟你媽講過了。吃這麼小的粽子，她不反對。」我伸手接過小粽子，同時看著區媽媽略顯得臃腫的身子慢慢走下坡道去。這是爲什麼我還記得那個坡道。

有很長一段日子，我以爲那便是阿桃陪我玩的地方。我曾經以爲，我從滑梯摔下來的那段日子，也是阿桃過來照顧我的。那是一個多風的日子，我走上滑梯以前已經有沙子吹進我的眼睛。我沒有理會它。偏偏在我爬上滑梯頂端時，沙子開始發作。我遲疑了一下。排在我後面的男生不耐煩，把我推了下去。這是我對這事情全部的記憶。接著，我的記憶轉到診所裡。我看到一個醫師坐在我的面前，穿著鬆垮垮的白袍衣服。看到那種衣服，你總懷疑他們是不是在你走進房間以前才披上的。醫師倒表現得很友善。「沒甚麼事情。」他對我爸媽說：「上個石膏，會好得快些。」我表現得也很鎮定。剛剛裹上手臂的石膏涼涼的，很好玩。

我一直以爲，我表現得那麼鎮定，是因爲阿桃坐在外面的凳子上。奇怪的是，我的記憶一直讓我這麼認爲。半夜的時候，我醒了。或許那時並不是半夜。我上床的時間很早，晚飯還沒吃完，我已經鬧睏了。媽媽允許我先去睡覺。可是，她吩咐我，時間到了可得起來吃藥。那晚其實是我自己醒來的，可能是被媽媽和爸爸的講話聲吵醒的。也許客廳裡還有個客人，他們講話才那麼大聲。我感到口渴難受，手臂也熱得難過。我的記憶把這些痛苦歸咎於阿桃不在旁邊。在我的記憶裡，沙鹿的日子總是快樂多於痛苦。我把這些也統統歸功於阿桃，雖然我並沒有她在我身邊的回憶。這並不特別奇怪，我沒有太多那時的回憶。

我對於阿桃的弟弟倒有一些印象。見到他的時候，我已經在安平讀小學。有一個黃昏，我回到家裡。媽媽說，阿桃的弟弟來了。他在城裡有些事情要辦，晚上順便來鄉下看我們。媽媽說的好像我老早就認識這個人。對於我，阿桃的弟弟只是個陌生人，卻露出友善的笑容看著我。事情總是這樣，人們從你快樂的表情看到他們自己，就以爲他們的臉孔會一輩子留在你快樂的記憶裡。不論如何，我仍然很高興看到他。在飯桌上，我偷偷瞄了他好幾眼。我在想，既然我跟阿桃那麼熟，我遲早會從她弟弟的臉上找到熟悉的東西。這樣的實驗我以前做過好幾次，還成功地認出爸爸的一位老朋友。我爲自己擁有這樣的本領而感到自豪。對於阿桃的弟弟，這個本領卻沒發揮任何作用。他的臉孔太平凡，長形狀的臉，上面豎立著直直的頭髮。他的語調也太平凡，既不高昂，也不低沉得讓你難過。

儘管如此，我很快就跟阿桃的弟弟混熟了。媽媽指定他跟我睡同一個房間。起先他表現得很無聊。我打開了收音機，一開始固定在我常聽的節目，後來隨他任意轉換節目。過了一會兒，他把收音機關了。這也好，我心裡想，免得吵我寫功課。他很快又現出無聊的模樣。我就把自己的抽屜打開，亮出藏在裡面的兩隻木偶。他笑著搖搖頭，卻看上了緊靠抽屜牆壁放置的口琴。

他的口琴吹得很好，好得我不得不誇讚他。「你再吹一支給我聽嘛！」他又吹了一支曲子，仍然一樣棒。如此，他一連吹了好幾支樂曲，我卻沒寫出幾行功課來。他把口琴遞還給我。「你也吹一支看看。」我搖搖頭。我說：「我吹得很爛。」他說：「不可能。」好像他經過吹的口琴，任誰吹都吹得出好曲子來。我拿著口琴吹了起來，吹的是〈甜蜜的家〉。平時我對於自己的無師自通感到很得意。這次我才吹出第一段，就知道自己吹得很難聽。阿桃的弟弟把口琴要了回去，也吹起這首曲子來。起先，他總吹錯音，重來了好幾次。這讓我感到稍許安慰，也許我的曲子比較難吹，也說不定。就在我返回功課沒多久，他已經掌握住那支曲子，吹出剛才的水平來。「吹得眞棒。」我由衷地說：「你教我吹，好不好？」他起先說好，又改口說，他不知道怎麼教別人。「一定有人教你嘛！」我說：「你就把別人教你的傳授給我。」他卻說，沒人教過他，那完全是他自己摸出來的。這樣的話可把我的自尊心毀了。我只有埋頭繼續寫功課。也許只有寫功課這種無聊事，我做得比別人好。

寫完功課以後，我感到睏了。阿桃的弟弟卻不睏，他沒有像我那樣歷經了一場身心的煎熬。我說，我要先睡了。回頭他想睡，便跟我擠同一張床。他說，他自己會睡在榻榻米上。我說，可是你沒有枕頭和被子怎麼睡？他說，沒問題。農家的小孩都是這麼睡的。我就先睡了，感覺自己虧待了一個大師級的人物。我從來沒有在這種情況下入睡過。書桌上的檯燈還開著，我身邊又有個完全清醒的人，還兀自吹著口琴。我在沒間斷的口琴聲裡睡著了。半夜裡，我卻感到自己的胸口承受了巨大的壓力，原來阿桃的弟弟睡在我的旁邊，一隻手還放在我的身上。我小心地把他的手移開，讓自己翻了個面，背對他而睡。這些動作並沒有弄醒他，只把我自己弄得更清醒。這大概是我生平第二次失眠，前次是我手臂上石膏的那一晚。太陽出來的時候，我很高興自己已經又睡了一覺，而且不必繼續睡下去。我吃完早飯，把放在房間裡的書包背到身上，阿桃的弟弟仍然沒有醒來。在離開房間的一剎那，我感覺那房間已不再是我自己的。

放學回家時，我獨自一個人走在路上，對於阿桃弟弟的感覺已完全改變。我走到鹽廠裡那條人煙稀少的路上，想到此時他早已離開安平。我開始改用他剛來這個地方的眼光來看周遭的一切：這佈滿了魚塘的鄉下，到處是低矮的房子、廢棄的廠房、沒人看管的倉庫，空氣裡還散佈著淤泥與鹹水的味道。住在這樣的地方，除了阿桃的弟弟以外，大概不會有其他人來探望我。我突然希望他晚上還會來我家投宿。奇怪的是，我又不希望他這麼做。這是第一次我察覺到自己有這種矛盾的心理。我不是不想他來，跟我擠同一個房間，而且炫耀他口琴的技巧；我只是不希望明天放學的時候，又會想著同樣的事情。走進家門時，我發覺屋裡是靜悄悄的，知道阿桃的弟弟沒有回來，突然感到有些難過。

幾十年過去了，我對於阿桃的所知仍然如過去那麼有限。我知道她的本名是月桃。談到她的時候，媽媽卻叫她阿桃。我知道的就只有這麼多。直到最近幾年裡，我才在電話裡跟媽媽提到她。「唉唷，」媽媽說：「我都快忘記阿桃了。現在她住在哪裡，我也不曉得。你怎麼會記得她呢？」我說，我都是從她那裡聽到她的事情呀。媽媽繼續說：「那時我們才搬到沙鹿。她家就住在我們家對面。」怎麼可能？我驚訝地問，阿桃怎麼會跟我們住在同一個村子裡？媽媽說：「那時我們沒搬到村子，還住在外頭的大馬路上。阿桃家在馬路對面，他們家是種田的。」媽媽繼續說：「到了下午時候，她煮完了飯，就走過馬路到我們家來。她最喜歡跟你玩了，我跟你說。有時候，她留下來吃晚飯。吃過飯，我們就去看歌仔戲。她背著你，我跟在後面，一連看了十幾個晚上的戲。」那麼，阿桃不是來我們家幫傭的嗎？我問。「不是。」媽媽說：「我們在沙鹿沒有請幫傭。」我怎麼卻記得她是呢？我說，照片上看起來也是那個樣。媽媽說：「照片呀？我都不知放到哪兒去了。你怎麼會看過？」

這就是跟老人家談論過去的麻煩，他們記不得自己說過的話，前言也不對後語。現在我知道阿桃並不是來我們家幫傭的，而是媽媽的朋友。剛搬去沙鹿的時候，我爸媽剛到台灣沒幾年。我想像著媽媽初到陌生地，與親友失去聯繫，突然有個女孩現身在家門前。也許她看到我坐在藤椅上，像個還沒脫水的蘿蔔乾，曝曬在陽光下，就逕自走過馬路來，問我媽媽，小弟弟叫甚麼名字，白白胖胖的，長得好可愛呀！我如此想像著，卻覺得這樣的行爲跟照片上的阿桃不相符。

一個星期以後，媽媽打電話給我。媽媽很少爲了跟她不相關的事打電話給我。這次她劈頭就說：「你看過的那張照片不是阿桃的，我想起來了。」那會是誰呢？「搬去沙鹿以前，我們請了個小女孩帶你，那是還住在台北的時候。」媽媽說：「那個時代流行病凶得很，甚麼腦膜炎啦、腸胃炎啦……。那女孩來我們家，我還特別吩咐她：『帶弟弟之前，妳要先用肥皀洗手。』」媽媽繼續說，她本來還存有阿桃照片，現在不知道放到哪裡去了。我沒興趣聽她講下去。媽媽總是會重述好幾遍她覺得重要的事，好讓你知道事情眞的有那麼重要。

媽媽的話已經解釋一切。我在照片上看到的那個少女並不是阿桃。這讓我感到輕鬆許多。如果我不以爲站在我身後的人是阿桃，就不會把那張不快樂的臉留藏在心裡那麼久。現在我解脫了，我擁有充分的自由來想像阿桃的模樣。然而阿桃長得到底是甚麼樣子？這件事在我心裡並沒有徜徉太久，畢竟我想念得更多的是我安平的童年。

去年夏季來臨以前，我驅車去南部遊玩。到達台南的時間比預期早了許多，我提前離開高速公路，想看看我不曾涉足的地方。我的車子經過平坦的田野。一排樹叢、椰子樹、孤立的房子站立在視線的遠方。我駛過渠道和廢棄的小火車軌道。黃昏近了，陽光裡滲入淡黃的色彩。鄉下經過一日的曝曬，已準備在暮靄裡歇息。我的車駛過某個鄉里，路邊出現了房子。那是兩排單薄而低矮的房子，房子後仍然是空曠的田地。有些田還擠到了路旁，好像從大人的腳邊擠到前面來看熱鬧的小孩。看到這類的房子，默不吭聲地站在馬路邊，附近幾乎沒有行人走動，你總覺得在甚麼時候看過它們，雖然我確定自己從來沒有來過這個地方。

然後，我聽到歌仔戲的樂聲，由遠而近。不久，我的車子駛過廣場。我找到聲音的來源，便把車子停靠在路邊，往相反的方向走去。廣場上並沒有圍聚的人群，只有好多輛小型貨車，停靠在廣場上。車後放置著祭拜神明的貢品。原來鄉下的祭拜活動已變得簡單而實際。我站在那裡看了一會兒表演。仍然是那種誇張的動作，明豔的化妝，震耳欲聾的聲音。沒有太多讓人興奮的事情發生，我走回自己車子停靠的地方，經過好幾個還在燃燒冥紙的鐵桶子。我打開車門，取出飲水來喝。這時我看到一個少女，個子比身旁的男孩高出一個頭以上。她的臉孔吸引了我，上面反射著夕陽，還有愉快的神情。我從來沒有看過那麼愉快的神情，和持續了那麼久的笑容。跟她一起快步行走的男孩，顯然受到她的感染，也帶著同樣令人羨慕的笑容。他們到底爲了什麼事情而高興？去祖母家請她過來吃拜拜，還是拿了媽媽給的錢，去買價格不到一半的商品？這些，我覺得，都抵不上一半女孩臉上的表情。我想像不出我的一生中有甚麼事情可以喚出那種愉快的神情。我在寫著這段文字的時候，腦海裡還浮現著那個笑容，決定從今而後把阿桃想像成那個模樣。

結束這個故事以前，我還要交代一件事情。它其實發生在我們搬離沙鹿以後。那時候，爸爸必須回原來的單位處理一些未了的事情，我和媽媽跟著他回沙鹿去作了一段日子的客人。就像我那時所有的回憶一樣，我不能確定這件事發生在哪個時間。我只記得我們回到同樣的地方，這次住在區家，成了他家的客人。

我要說的是，某個黃昏，媽媽帶著我去阿桃家。那時候，我已經知道阿桃做過我小時的伴侶。我記得我們走在即將入夜的路上。那晚是中秋夜。我們的四周遊蕩著出來玩耍的人群。天色逐漸黑了，我已經看不清楚跟媽媽打招呼的大人，也不耐煩他們一再對媽媽說：才一陣子沒見，寶寶已經長高了。我們走了一段不短的路程——這說明了，爲什麼後來阿桃不常來我們家作客——我看到人煙轉爲稀薄的黑暗處站著一群人。「啊，來了。」我聽到他們在說。我看不清楚他們的面孔，不確定我是否認得他們，可是我確定他們都認得媽媽。

我們隨著他們走上一條土坡路，走進一個三合院圍著的空地，在那裡坐了下來。風徐徐地吹來，時而把茶葉香吹進我的鼻子裡，不久又變換爲窒鼻的蚊香味。大人坐在我的身邊講話，小孩在四周玩耍。我感到有些無聊，希望那些小孩能找我去玩。我記得那裡還坐著一個阿嬤模樣的人。小孩們雖然禮貌地應對她，卻沒有人願意坐在她的身邊。我感到很無聊，甚至期望她叫我過去。她並沒有這麼做。不久，外面的煙火起來了。呼咻，呼咻。空地上的人也發出相應的歡呼聲，給了其他小孩藉口，衝到土坡下面去。那晚，我並沒有見到阿桃。據說，幾天前她到南部看親人去了。其後的幾天，我也沒有見到她。直到今天，我依然沒有機會見到我的這位童年伴侶。

# 理　髮

我期望她這時便結束工作，既不要整修我的頭髮、也不要爲我洗頭。

這樣我可以在腦海裡保有那張年輕時便存在的臉，那張橢圓形的臉。我們班上的女生，那個成績總是威脅我的女生，有一次還說，這樣的臉叫瓜子臉。

理髮師推著電剪，在我的頭髮上環繞了一周。我的臉孔從不規則的正方形奇蹟地變回橢圓形。我想阻止她繼續推下去。我已經在鏡子裡看到我所熟悉的臉型，從年輕時就保有的那個臉型，卻經常埋沒在不相襯的頭髮裡。我期望她這時便結束工作，既不要整修我的頭髮、也不要爲我洗頭。我可以站起來立即就走，或者在鏡子裡對自己做最後一瞥。這樣我可以在腦海裡保有那張年輕時便存在的臉，那張橢圓形的臉。我們班上的女生，那個成績總是威脅我的女生，有一次還說，這樣的臉叫瓜子臉。這話自然不是當著我的面說的，而是透過其他的男生，以及他們的訕笑。我說那是他們自己編織的。他們發誓說，有人偷聽到她跟另一個女生這麼講。這事情讓我暗自高興了好一陣子，讓我相信有什麼好事即將發生。直到小學畢了業，我才理解到，要是我自己甚麼都不做，就不會有任何事發生。

理髮師仍然在我的頭髮上弄東弄西。我年輕時的那張臉很快又被她摧毀了。我看到我的雙頰腫脹了起來，我被白色圍巾掐著的脖子開始顯得肥胖。我不想再看到我自己，可是我也沒有什麼東西可看。爲我理髮的女人，起碼是個媽媽級的人物。我不確定她的年紀。她可能比我年長一些，也可能小我一兩歲。毫無疑問，她跟我都年輕過。在那個年齡，你很容易判斷一個女孩比你大或比你小。如果她比你大，你走過她的時候，會自動把視線從她臉上移開；否則，她會把視線從你臉上移開。事情在那時就是這麼簡單，這麼有規律。然而我不可能在小時見過她。那時我還住在南部的鄉下。她可能已經住在這裡，附近有個仍然在營運的煤礦，人們坐在運煤車上出入此地，那種走在軌條上的木板車。現在我們都被困在城市的叢林裡。理髮廳的外面有一條僅夠一部車出入的窄巷，我要從那條巷子走回去上班。在走入大門以前，我要在一個三叉路口前穿越馬路。在那裡，我總要等待好長一段時間，等待不同方向的車輛通過。

我弄不清楚理髮師的身份。這裡沒有一件事那麼清楚，那麼一目瞭然。我唯一理解的規律是，她要在我的頭髮上繼續做功夫，直到她自己決定，工作已經完成。然後她會問我，你要洗頭嗎？你要刮鬍嗎？有人兩樣都不要，這樣他們可以支付最基本的費用，而且仍然得到她的答謝，我在猜。

有個年輕女人走了進來，前頭跟著一個剛學會走路的小孩。兩人我以前都見過，卻從來不明白他們的身份。這是現實生活不盡人意的地方。人們不會像劇本裡的人物，開口講話前便宣稱自己的身份，而且一再這麼做。最困擾我的是，他們甚至不開口講話，也不回應你投出的好奇眼光，只單純走了進來，開始做自己的事，或者什麼事都不做。更讓我感到困惑的是她小小的臉龐，顯示年齡才二十出頭，甚至可能更輕。我必須承認我對世人認識得太少，特別是那些早年就離開學校的人。我自己一直賴在學校裡，直到三十出頭。我的身邊也充斥著這類的人，幫忙彼此遮掩住身外的事物。

我不能說我完全不認識這樣的人。最近才有個朋友打電話給我。事實上，電話訊息是從人事室那裡轉來的。他們說，對方宣稱是我的小學同學，希望我能回電話給她。現在沒有人還會做這樣的事了，我心裡在想。你只需要上網，就可以搜尋到每一個人的電話號碼，尤其是當你已經知道這人在哪裡上班。我撥了個電話給她，她是我在南部鄉下的同學，跟我在同個年代搬到台北來。我們聊了一陣子。她在電話上說（口氣仍然像以前一樣急躁），有一陣子，她跟一個小學畢業的男人同居。她特別強調，到了這年齡，她不能不把條件降低一些，還問我是否同意。總之，她繼續說，他們要好了一陣子。她很想生個小孩，男的卻不願意。後來，她年紀大了，打消這個念頭，現在男的離開了她。我跟她繼續聊了一陣子，很訝異心裡沒有生出任何波瀾來。我曾經追過她，她婉拒了我，那時她有個即將訂婚的男友，這些都是在我們年輕時發生的事。我在電話上說，我很快就要出國開會。等我回來後，會跟她聯絡，也許見個面或什麼的。我已經第二次出國，而且回來了一陣子，卻提不起勁兒跟她聯絡。

後面的房間傳出麻將相互搓摩的聲音。這樣的聲音我也很熟悉，只是今天一直沒聽到。我突然醒悟到，自從那個年輕女子出現，又有幾個同樣年輕的女子走進來。現在我知道她們來這裡的目的，也明白爲什麼後面總有麻將聲傳出來。

有一年，我回南部鄉下去。那是舊曆年的時候。我們去朋友家，男女主人都是我們的小學同學。他們長年居住在那裡，不像我們很早就離開鄉下。我沒有看過那麼熱鬧的景象，客廳裡有兩桌麻將，另一個小房間和樓上還有好幾桌。我們坐在一張茶几旁，女主人不斷爲我們沏茶。她把燒熱的水澆在陶壺外，然後注入塞滿茶葉的壺子裡，又將壺嘴對準另一個容器斜斜插入，壺裡流出來的水變爲綠油油的茶水。過了一會兒，同樣的動作她又做了一遍。我想阻止她繼續做下去，我說我已經在別處喝了茶。她說不打緊，他們每天都要爲客人泡上幾十壺。隔了一會兒，另一個男孩接過了手。女主人告訴我，這是她的兒子，過了年就要去當兵。我知道這不是她跟男主人生的。我們才從男主人以前的家走出來，聽到他的前妻對我們哭訴。我們繼續聊了一陣子，過去的事緩緩流入我的腦子裡。這位搶奪了別家男人的女同學，埋怨我曾經拿圓規戳她的球鞋。我不能相信自己做過這麼可怕的事，卻無法排除自己會對漂亮的女生抓狂。我問她，是拿尖的還是鈍的那個腳戳她？她想了一下，卻沒回答我。我因而僥倖地想，也許她在記憶中把我跟其他的男生弄混了。

幾年以後，我們又回去看他們。那時我已明白，他們在家裡弄那麼多牌局是爲了抽頭。坐在那裡給我們泡茶的依然是女主人的兒子。他已服完兵役，頭髮也留長了，看起來跟街上騎車飛嘯而去的年輕人沒甚麼兩樣。那天只有兩桌麻將在進行。男主人也在桌上，顯然在幫忙湊齊人數。那晚的鄉下很冷，我們感覺得到冷空氣從房後滲進來。麻將桌上的人也抱怨冷，說他們的腳都凍僵了。後來男主人下了桌，那桌麻將也結束了。他加入我們的談話，並且開始爲自己辯護。他說當初如果不是他，她母子倆現在會在哪裡？我偷溜一眼那個年輕人，在他的臉上卻找不出任何表情。後來，男主人上廁所去，女同學對我們說，她仍然會離去，過了年就離去。男主人回來以後，繼續爲自己辯護。

我不想聽下去，藉口頭暈，想出外走走。有個很伶俐的小男孩，自己的家長顯然還在樓上打牌，看到我外出，要求我帶他一起到街上走走。我們走到黑暗的地方，小孩便主動上來拉住我的手。我覺得很訝異，怎麼沒有人教他不要太信任陌生人？我想施予機會教育，又覺得荒謬。我該怎麼說呢？以後只要見到我這樣的人，千萬不要跟他親近？我們沿著老街走了一回。那時是年初二，沒有一家店開著。門縫裡透出靜止而黯淡的光線，就像散佈在外頭的冷空氣。遠處的沖天炮發出了「咻咻咻」的聲響，最後在天空中以短暫而寂寞的「啪」做爲終結。我想到這條街就是我小時陪媽媽來買菜的過道，卻覺得十分陌生，好像我根本沒有來過。

我可以在鏡子裡看到我臉孔的歷史。年輕時，我在鏡子裡看著自己，無法想像我的雙頰什麼時候會增添一層薄肉。現在我必須刻意把視線避開臉孔跟鼻樑分離得過遠的部份，才不會看到與我記憶衝突的那個臉型。我看著我的雙眼，現在暫時失去了眼鏡的衛護，無神地望著鏡中的自己。它們在我大學畢業以前還維持著極佳的視力。之後我戴了眼鏡，在我出國的前一年。那時我上任一家商職學校不久。我教導過的女學生告訴我，看到我眼鏡摘下的那一刻，她們會希望我永遠不要戴回去。爲了方便，理髮師把我前端的頭髮暫時梳成一個阿飛型，這並不會把我的臉孔弄得較年輕，只會讓它變得更荒謬。這情況好像你在電影上看到的那些過氣的明星，因爲不再重要，導演也不那麼嚴格要求他們，你就會看到這類荒謬的髮型在他們的頭上出現。

我終於聽到理髮師問我，要不要洗頭？我說要。要不要刮臉？我說不要。對於這樣的問話，我倒感到很欣慰。這表示我被她凌辱的時間即將結束。我坐在洗臉槽前，頭低下來，熱水澆在我的頭上。我聽到搓麻將的聲音唏哩嘩啦地在耳邊響著。這情況有點像你坐在游泳池邊，陽光灑在你的臉上，此起彼落的濺水聲以及歡樂聲散佈在四周。這是一種安慰，也是一種溫暖，怎麼我以前不曾感覺到？突然間，我覺得我這一生最缺乏的就是這類的感覺。我想起那晚，當我們離開同學家，樓上的牌局恰巧結束。我看到一個媽媽從樓上走下來，帶走那個伶俐的小男孩。女主人跟她道別，接著對我們說，這年輕女人就愛打牌，總是趁空帶小孩來打幾圈。我回應說，西洋婦女也喜歡聚在一起打橋牌。我那時這麼回答，純粹只是知性的回應，並沒有任何感情成分在裡面。

理髮師打開熱風機，把我所剩無幾的頭髮吹直、吹膨了。然而我知道，當我站起來走出理髮廳，我會爲鏡子裡最後出現的臉孔而感到懊惱。我也知道，明早我會重新站在鏡子前，不滿地看著自己，看著那經過一夜擠壓而平貼的頭髮，以及凸顯出來的雙頰。

我把錢付給理髮師。如往常一樣，在找回我五十元的時候，她並沒有把眼神對準我的臉。我推開玻璃門以前，看到那個年輕女子帶來的小孩，此時站在沙發邊，手上各拿了一隻麻將牌，相互敲打著。我藉故看它們是哪兩張麻將牌而湊近身子去。頭顱光禿禿的小孩並沒有理睬我，站在近處的理髮師也沒有理睬我。

# 一段不牢靠的回憶

那奇裝異服的人轉過身來，眼看著就要走出帳棚，向我走來。我拚命叫喊，仍然沒有人前來應門。明明是媽媽叫我出門，她卻忘了門外有一個正在作法的巫師。

我沿著岸邊行走。公路的腳架像巨人的鞋子踩入溪水裡。橋上飛馳而過的車子，因爲距離地面遠，聲音傳不到我的耳朵。我聽到了音樂聲，聲音頗爲卑微，只欲擁有小小的空間便足以自滿。等我走進音樂的範圍，突然覺得身子一陣子輕，手足也幾乎失去控制。接著，我看到懸置在空中的吊橋。也許在更早的時候，我就看到了它。其實你只要一走近這區域，就覺得自己看到了橋，即使它可能還不在你的視線內。

我曾經抱病走在那座橋上。那時我還小，亦步亦趨跟著我媽媽。那是個冬日的上午，天上飄著冷雨，我走在自己撐著的雨傘裡。媽媽幫不上忙，她抱著我的表妹，還要挪出半隻手來撐傘。表妹也病了，媽媽抱著她去看醫生。醫生是我們認識的親戚，住在吊橋對面。那時我恨她住在對岸，多過她是一名女醫師。吊橋之後是一段斜坡路。那段路其實比橋上好走許多，不但穩定，而且沒了風。之後都是愉快的回憶。診所裡很溫暖，還有椅子可以坐。小孩的哭聲不時從另一個房間傳出來，包括我表妹的，這可嚇不倒我，只讓我堅定了不准別人碰我的決心。女醫師在媽媽的要求下摸了摸我的頭。沒有發燒，她對媽媽說，這孩子的體質很好。我不知道她怎能靠這麼一次觸摸就知道我的體質很好。我們臨走時，她又吩咐媽媽，回去給小孩多喝水。我認爲那是她赦免我的一個暗示。只要多喝水，這有什麼難的，哪怕是那有點兒怪味的水。走在橋上，我又想，也許她說的是給表妹多喝水，也許我從頭到尾都不是別人關注的對象，我又感到忿忿不平起來。

後來這位親戚移民到美國去了。我不確定她還記得我們曾去那兒就醫。媽媽卻記得這件事。好幾年以後，她還當著我的面抱怨舅舅。她說，她抱著他的孩子，旁邊還跟著自己的孩子，舅舅卻沒想到給我們雇個車。這是我第一次知道，媽媽曉得我病了。爲什麼她卻表現沒這回事的樣子？

我記得更清楚的是，晚上睡覺以前，對岸會發出「嗡嗡嗡」的聲音。我曾經記得舅媽常抱怨這聲音吵得她睡不著覺。沒有人理會她的抱怨。連我都覺得，這是爲什麼她長年多病，媽媽還得帶著我前來幫忙她。後來有個晚上，我也在半夜醒來了。「嗡嗡嗡」的聲音聽起來更顯著，好像直直對著你耳朵而發。後來我好不容易睡著了。第二天吃早飯，我抱怨那聲音吵得我睡不著。我選擇平日舅媽抱怨的時候搶先說出來。效果卻一樣，沒有人理睬我，就像沒有人理睬她一樣。到了晚上，舅媽抱著小表妹哺乳，我則逗大表妹玩。那時她躺在房間裡，我們則坐在客廳。這邊只要有人講話，她就重複末尾的一兩個字。我試著講同樣的話，表妹也跟著重複那些字，好玩極了。媽媽阻止我這麼做。眞正讓我停下來的則是舅媽。她問我，晚上會被「嗡嗡嗡」的聲音吵醒嗎？我還沒回答，舅媽便繼續說，那是礦坑的機器發出來的。這是第一次有人公開談論這聲音，原來它一點都不神秘。舅媽還問我，晚上要不要換個房間睡？我說我不要。

那晚，我仍然在半夜醒來。我走到窗邊。在夜色裡，我可以隱約看到對岸點著燈。原來有人在礦坑裡工作，難怪會發出嗡嗡聲。我來回走步的聲音吵醒了媽媽，也吵醒了舅媽。舅媽又向我提出更換房間的建議。我突發奇想地說，我只要跟表妹講幾句話就可以睡著。媽媽叫我不要胡鬧，如果把舅舅吵醒了，他可要起來罵人。

在那段日子裡，我在街上看到孩子們拿著一大疊啤酒瓶標籤向人炫耀。我還看到有個小孩用圓牌跟人賭輸贏。這種遊戲我倒會玩，便參加了遊戲，而且贏到很多標籤。媽媽看到我手上拿著這些東西，要我立即歸還原主。我以爲那個輸牌的小孩還會待在那兒豪賭，或者心有不甘在那兒呆站。我尋找他許久，卻得不著蹤影。這時我才想到，我根本不曉得他住在哪裡，也無從問起，因爲我也不知道他的姓名。我就把那堆標籤塞進電線桿後的縫隙裡。

我回到舅媽家，隔壁家做喪事的樂聲又起。這次我看到一個身著大黃袍、後腦綁了一束長髮的人站在臨時搭起的帳棚裡。我敲門的時候，嗩吶聲突然揚起。那奇裝異服的人轉過身來，眼看著就要走出帳棚，向我走來。我拚命叫喊，仍然沒有人前來應門。明明是媽媽叫我出門，她卻忘了門外有一個正在作法的巫師。其後發生了什麼事，我一點都記不得了。我還記得的是，我坐在一張桌子旁，喝著那有點味道的水，媽媽則向我解釋爲什麼她沒有聽到我的叫喊聲。在那張桌旁，我聽到舅媽用安靜的口吻對我說，要是我覺得這裡太無聊，她可以送我去附近的幼稚園上幾天課。

兩三天或者一個星期以後，我眞的進了那所學校。要回憶那兒的經驗可眞難，包括我逃學又被遣送回去的事。現在回想起來，那天早上就有個小孩被強制送進學校裡。我們聽到他一個人坐在禁錮的房間裡啼哭，大家卻表現得沒任何事發生的模樣。升旗典禮過了，一堂冗長無聊的課也過了。我們走出教室外透口氣。我找不著伴侶，看到一個男孩獨自蹲在地上。我就蹲到他旁邊，跟他一起玩了起來。我們玩得兩手都是灰塵。他站了起來，教我兩手前後拍打褲子，這樣就可以拍掉手上的灰塵。後來，他帶我往校門口移動。他說，那裡的泥巴更好玩。我們重新蹲下沒一會兒，他就慫恿我向校門口跑去。確實的情況我已記不清楚了。也許是我慫恿他這麼做，發現兩人的想法不謀而合。我們很快就跑出校門口，發現沒有人躲在圍牆後攔阻我們。從那裡看到的街頭卻空曠得可怕。斜坡路上躺著蒼白的陽光，沒有半個人走在路上。我的伙伴很快就棄我而去。我問他要去哪裡，他不肯告訴我。

後來，我可能沒有再看到他，起碼我沒有繼續交往的記憶。我只記得自己被送進了禁閉室。我的媽媽把我送回學校，老師則完成後半段的程序。我的記憶必定阻止我相信，我曾經在幽黑的房間裡哭過。我大概真的哭過，否則在那裡還有什麼事做？到現在，我仍然感覺到嚎啕大哭所帶來的那種舒暢的感覺，但無法確定這事情發生在同一天。

我還記得的是，爸媽在那天中午接我回去。也許不是那天中午，而是星期六中午。我的記憶已經含混不清。我只記得，爸媽來接我的時候，我的手上正拿著一個三角叉，在爸媽的注目下敲了好一陣子。也許我在訝異我也能夠讓這個樂器發出悅耳的聲音，或許我在詫異爸爸竟然也出現在教室外。我已經好久沒有看到爸爸了，甚至忘記我們是跟隨他到台北來的。

自從那天以後，我沒有再回幼稚園。不久，爸爸帶我們回到南部的鄉下去。我在鄉下繼續過了五、六年的時光。我上了另外一個幼稚園，把兩手拍打褲子的技術傳授給其他小孩。有一陣子，我成了大家的英雄。他們傳授這技術給其他人的時候，都會說那是我發明的。

接著，我上了小學。學校裡只有一排教室。我們的那間教室會漏水。下雨的日子，大家都穿著雨鞋進出泥濘裡。我沒有再分配到任何樂器。基本上，鄉下的小孩不時興玩樂器。然而我在那裡很快樂，我沒有再逃學。

# 鐘　聲

爸爸說，人的話講多了只會傷害自己。所以大多數的時間裡，他總是緊抿著嘴。那些跑不出身體外的話語堆積在爸爸的眼眶裡，最後模糊了他的眼神。沒有條件選取的人，沉默是他們所能提出最好的交代。母親不就這樣過了一生嗎？

鐘聲在遠處消失了以後，時間就變得猶疑不定。現在到底是六點半還是七點，對她而言已沒有任何差別。外面廊道上零碎的腳步聲仍然在向樓梯口移動。等到人聲都離去以後，她聽到一個女孩在走廊的盡頭叫喊著：「等我一下！等我一下！」接著是一陣匆促的腳步，把地板搓得「嗤、嗤、嗤」的響。

然後，一切就靜了下來。從外面流進房裡的空氣，她可以聞到一股濕而且涼的味道。這時，至少是往常的這時，她會靜靜地坐在這裡，身體一動也不動，擔心還未離去的人會發現到她，問她怎麼不跟大家一起出去吃晚飯。她最恨別人跑來問這些無聊的問題，就像她恨她的室友曾經在某個夜晚爆出哭聲，還吸引了好多人進來。整個房間裡頓時擠滿了沒頭腦的女孩，儘說些不中用的話來。這也是爲什麼她覺得沒有一刻比此時更美好。現在她不必做什麼，也不必說什麼，只在心裡飄盪著一些連她自己也不明瞭的詞語：商水言多是，自也時不力……

父親曾經說，話講多了只會傷害你自己。所以即使是在星期一的晚上，當他留在家裡跟他們一起吃晚飯，父親仍然緊抿著嘴，既不講話，也不看人。那時候，她會想像父親坐在駕駛座上緊握方向盤的樣子。她想像著他的雙唇仍然是那樣緊抿著，即使在他的身後還坐著乘客，寧願和他交換個幾句話語，以打破那凝重而難受的空氣。

這可是好幾年以前的事了。是大偉的談話才讓她想起這些事情來。大偉總是對計程車司機有著無比的怨懟。那些傢伙，他會一面放置機車一面說，滿腦子只是在盤算如何搶先別人一個車頭。

這些話總會使她想起過去的日子。在飯桌上，她自己也是寡言的。偶而，她的眼睛餘光會瞥見坐在那兒喝悶酒的父親。除此之外，她只坐在桌前匆匆扒著飯，然後匆匆地離開。早些年的時候，蕙菊與蕙蘭還會跟她比賽誰先把飯吃完。後來兩個妹妹逐漸長大了，對食物的需求比以前多了些，她便穩穩贏得第一。

母親也是寡言的。在飯桌上，母親總是高舉著碗筷。這樣在吃飯時，她的兩眼便可以就近盯著大家。

妳怎麼儘在那兒挑菜吃呢？母親常對蕙蘭說，連一口飯也沒扒！

有時候，母親也會提高聲音對弟弟說，這已經是你第二罐了！

弟弟的手只猶豫了一下，依舊把桌上的啤酒罐抓了過去。她總期待父親會接著出面干涉。然而父親連一句話都不說，好像他並不坐在那張桌上，或者雖然坐在同一桌，卻獨自參與另一個宴席。

在大偉的房間裡，下午的時光可比任何地方都美好。大偉的家就在學校附近。碰到她的時候，大偉總是說，去我那兒看書吧。她還沒答應，大偉已經把她帶往他家的路上，並且把她帶進他的房裡。她常常在那兒不自覺地待了好長一段時間。賣冰淇淋的「叭卜、叭卜」聲在巷道裡由遠而近，又由近而遠。飛機的嗡嗡聲也在頭上響了好幾回。房間外傳來腳步聲才提醒她屋子裡還有別人。接著是大門的碰撞聲，院子裡聽到大偉的媽媽在講話，說她要帶瑪莉亞去市場添購一些菜。然後，整個房子就剩下他們兩個人。他們繼續在那兒消磨掉整個下午，直到靠窗的家具一齊向房間深處投出頎長而堅實的影子。

有時候，她也會跟大偉的家人一起出外去玩。剛開始，她總會婉拒他的邀請。然而大偉說，一點都不麻煩，反正有老龐開車。何況，大偉家只有他一個孩子。有了她，家裡倒多了個女生，這是大偉的媽媽在車上說的。那時有陽光刺著她的眼，否則她眞不知拿什麼表情回應。在那段日子裡，她沒有閒暇去想自己的事。

然而她並沒有完全忘掉自己。只是，那冗長的歲月裡值得回想的事並不多。唯一常回到她記憶裡的是那段生病的日子。在那炎熱難當的黃昏，房子的牆上佈滿橘黃色有如地獄的火光。整個下午，透過兩道面對面的門框，她看到媽媽站立在那隻她聽得見卻看不到的水龍頭前面。然後，弟弟妹妹回來了，聲音從遠而近，很快便塞滿整個房間。他們從她身旁走過，把書包大力扔在地上。然後，她聽到弟弟說，好煩人啦！走了大段子路，卻連個躺的地方都沒有！

你閉嘴！她又聽到蕙菊說，大姊已經病了三天，不能在你那張寶貝床上多躺一會兒嗎？

她只是躺在那裡，聽著他們頂嘴，心裡重複著那些無意義的話語。

在那段日子裡，她學會了思考問題，明白到必須去看事情的背面。她永遠知道麻煩在哪裡，當然不會不知道去防範它。即使後來離開了那個家，她知道麻煩仍然不會放過她，而她是有著準備的。她收到父親的來信時，就覺得自己遠離那個家是對的。因此，即使父親在信上說，弟弟騎摩托車出了事，不得不減少給她的生活費，她也沒有被麻煩所擊敗。她早就準備好了，當然也不會笨到去告訴他們，她可以靠家教來彌補生活費。

除了這件事，其他的一切都是愉快的。她和大偉也是在那段日子相識的。有一天，大偉在下課後向她借筆記，並且講好兩天以後歸還。他們在約好的地點碰面，大偉問她想不想一起喝杯飲料。在啜咬著麥管的時候，大偉又問她是否感到奇怪，工科的學生怎麼會跑來修習詩詞。不等她回答，他便繼續說，那是他從小的喜好。大偉又問她如何會喜歡上詩詞的。她說她從小聽母親講，人吃了食物會逐漸累積毒素。有一天，她感到肚子疼痛難當，以為自己中毒已深，便躺在床上，默唸著自以為是的詩詞，安靜地等待終了。結果她的肚疼非但沒有加劇，反而減輕了。

大偉說，這可是他聽過最美麗的一個故事。

在那時，她並不以這些言詞為意。如果不是大偉打電話到她家，那個寒假她也會過得很平靜。大偉在電話裡向她解釋，他正跟朋友們開車經過她居住的城市。她並沒有答應大偉的要求。不行，她對大偉說，我不方便出去玩。那我去看妳，大偉又說。不，她回答，你也不要到我家來。然而她答應大偉，回學校後會打電話給他。在剩餘的兩個禮拜裡，她仍然待在無聊的家裡。可是，她想著，我起碼不必像平日那麼辛苦。在下午的時候，當她坐在桌子前，兩眼盯著讀不進的書本，她計算著：還有四天，四個衣食無虞的日子。然後，她想著，還會有一個衣食無虞的暑假，以及另一個暑假。然後，她想著，然後呢？

回到台北以後，天氣變暖了。她過得比以前更忙碌。時間永遠花在趕赴家教的路上。然而，想到可以暫時擺脫千篇一律的生活，她感到這樣的勞碌是值得的。到了工作地點，公寓大門一打開，夾雜著食物的風便吹上她的臉，橘紅色的陽光也貼在磁磚地上。她會情不自禁地對開門的孩子說：「我來嘍！」上完一小時的課，學生的媽媽送來了一碗湯。喝著湯的時候，她會想起大偉來，還有他臉上常出現的那種好笑的表情。

夏天已經在望，人們紛紛走上街頭。黃昏時，路人前腿扯著後腿。就在那嘈雜的路上，她跟大偉說，她快要回南部去了，回去過九十個衣食無虞的日子。大偉求她坐下來好好談一談。她說她恐怕沒那麼多時間。不過，她仍然陪著頗爲激動的大偉找了個地方坐。大偉只是一個勁兒地抽著菸，沒說一句話。於是她在心裡對自己說，妳對了！妳對了！即使在回南部的火車上，她仍然聽到自己在喃喃地說著同樣的話。

大偉很快就打電話到她家去。這次，大偉在電話上說，我一定要去妳家看妳。她沒有讓大偉去她家，卻答應陪他出外玩。然後，她隨著他一起回北部。

北部在夏天比南部還熱，這是她意想不到的事。大偉常常睡到中午才起床，半夜才是他精神最好的時段。她偶而也會陪大偉坐在地板上，閱讀擺滿一地的外國雜誌。深夜是閱讀它們最恰當的時刻，大偉說，那時正是西方人的白天。有時候她待得實在太晚，就留在大偉家過夜。第二天一大早，她匆忙提起鞋子，在沒人起床以前溜出大門去。她會跑到學校的廁所稍微整頓一下，然後趕去另一個人家，接他們的過動兒到校園裡做腦部統合運動。

開學後，她恢復跑家教的忙碌，又忙著赴大偉的約。期末考結束，她發現自己考糟了。她本來想抱著大偉痛哭一場。一走進他的家，飄盪在屋裡的氣息讓她覺得情況並沒有那麼壞。何況大偉的成績一向很糟，他在意的卻是畢業以後的事。她偶而會埋怨大偉，他只是沉默地聽著。因爲，無匱乏的人不曉得自己擁有什麼，而無所有的人不知道自己匱乏什麼。大偉曾經對她說：「妳把一切看得太重了。」她怎能怪他呢？大偉不會理解那種一覺醒來發現自己什麼都不是的感覺，就像她不能理解大偉的夢想一樣。

有一天，她和大偉爭執得很厲害。她怪大偉經常獨自參加活動。大偉說，是她自己不肯縮減家教時間的。那天晚上，學生家長抱怨她經常更換時間，讓孩子無所適從，她就把工作辭了。比起後來發生的事，這些小煩惱毋寧是可以忍受的。即使在事情發生的前一刻，她仍然能夠從空氣裡感到一股通達內心的愉悅。能夠永遠享有那種感覺該多好！如果她有所選擇的話，也願意讓那種狀態延續下去。當她在大偉的抽屜發現到那張秀麗的信紙和陌生的筆跡，她彷彿知道這件事注定要發生在她身上。即使她後來找大偉理論，也明白這一切早寫在她的腳本裡。大偉只回答說，以前常去他家的女孩，也為了同樣的心結而離開他。

爸爸說，人的話講多了只會傷害自己。所以大多數的時間裡，他總是緊抿著嘴。那些跑不出身體外的話語堆積在爸爸的眼眶裡，最後模糊了他的眼神。沒有條件選取的人，沉默是他們所能提出最好的交代。母親不就這樣過了一生嗎？當她站在水龍頭的前面，內心深處所流通的必然只是嘶嘶的流水聲和吱吱的蟬鳴聲。

妳支領得過多，就得加倍歸還。對於早已洞悉事物的爸媽，這不會是什麼重大的打擊。唯一叫她擔心的是蕙菊。蕙菊曾經向她哭訴，說她在任何一方面都趕不上姊姊。蕙菊聽到消息後也許會泣不成聲，然而她很快將醒悟到，生命是一場打不贏的戰爭。蕙蘭則是幸福的。她的臉上永遠掛著笑容，又長成了一個相稱的體型。蕙蘭是家中唯一不會被擊敗的人。在這場戰爭中維持不敗的秘訣就是不去爭取勝利。

母親一定會把她的枕頭分送給兩個妹妹。這樣她們正好一人可以分到一個。蕙菊會把飲泣的臉埋進她的枕頭裡，而蕙蘭會在她的枕頭上微笑睡去。不久，她們就會忘掉這兩隻枕頭的來源，轉而為日常的小事爭執。

也許有人會找大偉談論這件事。他大概會說：「她把一切看得太重了。」除此之外，他還能講什麼？方教官也會踏著緊急的步伐，過來處理這件事。她的高跟鞋會踏響整個宿舍上下，挺著漿洗過的制服走進房間，翻遍她私人物件。「現在很多年輕人都迷失了方向。」這是她最喜歡講的話。其他的人也會被叫來問話，而她們會說：「沒有哇！」「看起來好好的呀！」「沒有任何跡象嘛！」她這樣做當然不干係任何人。這世界會令她感到憤慨的只有生命本身。妳只有蔑視它，才能徹底解脫妳自己。

從氣窗流進來的空氣已經有了寒意。那裡面曾經散發出熟悉的氣味，怎麼一忽兒都變得這麼陌生？好像有人說過，這是個美好的世界，她卻忘了這世界在哪裡。現在她感到疲倦了，怠惰了。她只想聽聽自己的聲音，聽自己的嘴唇輕聲地唸著：勢水節傷休，爲肘不縣農，家過先記書，見也時不力，多市方保物，從鄉見微言，字每先順東，拔善過山行……

# 菜　寮

寒假到了，細雨弄軟了還沒鋪上柏油的路基。我們騎著腳踏車，在寬闊的路面上印下重重的軌跡。路邊的農人站在雨淋的蘿蔔田，用帶有敵意的眼神看著我們。我們就故意在腳踏車上說：「有一天，汽車會開到這裡，放出一長串臭屁。」

菜寮在我們放學的路上。我們從學校出來，走向與水渠一齊彎過來的柏油路。到了路口，我們與往鄉下走的同學道別，然後朝鎮上的方向走去。時間對的話，我們會迎面碰到上夜班的女工，三五成群地走進路旁的鐵門，門上掛著「工廠重地，閒人止步」的牌子。接著，我們會走過一段寧靜的道路。夜色在一層一層地加重，吃飽了水分的稻葉在晚風裡緩緩地搖著。就在天色還沒有完全暗下以前，我們已走過公路局的站牌，看到「菜寮」兩個字端端正正地印在牌子上。

住在鎮上的同學告訴我們，菜寮原來稱做「蔡寮」。然而我們問住在那裡的蔡萬福，他卻說從來沒聽過這種講法。蔡萬福的家距離站牌不遠。到他家去，我們可以從那裡的馬路向右彎，走進一條石子鋪成的下坡路。當路面已拉得與稻田齊平，路的左邊跑出了一塊旱地來，蔡萬福的家就在那兒的幾排木舍裡。

我們升上五年級的那一年，有一條從城裡出發的馬路正拓展到學校附近。那條路沿著舊馬路平行伸展過來，在接近校門的地方與舊馬路打了個交叉，繼續向鄉下延伸而去。

寒假到了，細雨弄軟了還沒鋪上柏油的路基。我們騎著腳踏車，在寬闊的路面上印下重重的軌跡。路邊的農人站在雨淋的蘿蔔田，用帶有敵意的眼神看著我們。我們就故意在腳踏車上說：「有一天，汽車會開到這裡，放出一長串臭屁。」

第二年春天，工程車整天「轟隆隆」在空氣裡響著。一股焦臭的柏油味也不時襲進我們鼻子。馬路完成以後，鋼筋骨架在路邊矗立起來。蔡萬福開始抱怨滿載砂石的卡車把他們那兒的斜坡路壓出一條條深溝。晚上八點多，我們從學校參加遊藝活動回來，看到新搬進的人家在黑暗的曠野發出燈光來。我們乘著興致對著它們嗚哩哇啦地怪叫。房子的燈火也在晃動的水田中向我們搖手。

夏天過去以後，我們的課業加重了。放學時，要參加升學考試的學生仍然留下來繼續上兩堂課。從校門走出，入秋的涼風向我們迎面吹來。我們豎起衣領在漆黑無光的舊馬路上奔跑，心裡明白還有更冷的天氣守候於後。在彎彎曲曲的路上，我們憑著白天得來的印象迴避路旁的水溝。等到我們跑過菜寮，才看到鎮上的燈火照到我們蒼白的臉上。

第三次月考結束的那一天，老師沒有出習題給我們，我們也不必留下來繼續上兩堂課。放學的時候，連續下了兩個星期的小雨才結束不久。積滿了雲霧的天邊露出殘破的一角。陽光從那裡射進來，給潮濕的路面映上金黃的色彩。許久沒有與我們同行的蔡萬福說，這樣難得的黃昏是他向菩薩求來的。我們都笑說，大概是菩薩很久沒看到我們，只好連蔡萬福的話也聽了。臨分手時，陳金土說他想去看一部快下片的武俠片，問我想不想一起去。我還沒答應，蔡萬福已經說，他也要去。陳金土叫我們在戲院門口會合。蔡萬福卻說，他不曉得戲院在哪裡，我便提議他在家等候我們。

吃過晚飯，我還沒出門，陳金土已經來到我家。見了我，他便說，我們不用去找蔡萬福了。我問為什麼，陳金土說，蔡萬福想去看電影是假的，他只是要顯示他也看過電影。我問他怎麼會那麼清楚。他說，有一次，他和蔡萬福約好了一起去看電影，結果蔡萬福根本沒出現。我說，也許他找不著戲院。陳金土說，看過電影的人怎麼會不曉得戲院在哪裡。

我們出了門，氣溫變得暖和起來，剛蒸發的水氣把四周的味道帶進鼻子裡。我跟陳金土說，時間還早，我們何不去蔡萬福家看看。陳金土皺著眉頭答應了。然而沿路上，他還是禁不住向我抱怨：「蔡萬福家又不順路。如果要打發時間，我們應該去戲院的附近逛逛。」

走到斜坡路，天色已轉成黯淡。天上的雲層開始變得稀薄，我們可以看到將要降落的飛機在低空中飛行，發出一閃一閃的訊號。我們走進路旁的旱地，旁邊有一個水塘，裡面種了些艾草，是端午時節掛在門前用的。我們經過時，風吹出沙沙的聲音，我叫陳金土聞那草的香味，他卻教我小心走路，不要多講話。藉著木舍人家的燈光，我們摸進蔡萬福家的巷口。陳金土問我怎麼不快點走，我說我晚上認不出蔡萬福的家來。陳金土嘀咕說：「早叫你不要來……」我不理會他的抱怨，繼續沿著房舍走下去，一面仔細傾聽房裡的聲音。

一塊雲層離開以後，月亮出來了，把慘白的光線照在地面上。我在一個窗口停下來，聽到裡面有歌仔戲聲從音量不怎麼高的收音機傳出來。陳金土問我在聽甚麼，我說我猜想那聲音是從蔡萬福家傳出來的，他的祖母整天開著收音機。陳金土開始大聲叫蔡萬福的名字。我告訴他不要嚷嚷，說不定蔡萬福的祖母已經睡著了。

我沿著牆壁繼續走，找到一扇木板門，在堅硬而起皺的門板上敲著，一面輕輕喊著蔡萬福的名字。隔了一陣子，門後仍然沒有反應。陳金土又大聲叫喚。這下我們聽到木門移動的聲音。門開了，門裡比門外還幽暗。我看不到蔡萬福的臉，卻聽得到他的聲音。蔡萬福叫我們進去等一會兒，他馬上就跟我們出去。

進入幽黑的房間，我們站在神案前等著蔡萬福。在微弱的紅燈裡，菩薩的面孔讓人捉摸不住表情。一股香火味讓我感到頭有點暈眩。蔡萬福從左側的門進去，很久都沒出來，裡面也沒講話的聲音。陳金土告訴我，時間已經是七點十分。我知道他在炫耀那隻黑暗裡仍然看得到指針的錶。他把手錶從腕上脫下，開始在手上撥撥弄弄。我問他幹什麼，他說他正在給鬧針定位，到了七點十五分，他的錶就會自動發出聲音來。接著他跟我說，我們要去看的片子已經在城裡下片。今晚要是看不成，我們以後一輩子也休想看到它。

過了一會兒，蔡萬福繫著褲帶從左側的門走出來。他說，他的爸媽已經睡著。他沒法向他們要錢，問我們可不可以再等一會兒，他叔叔很快會從城裡回來。我正在猶豫，陳金土那隻該死的錶開始響了。我們得走了，陳金土說，不然會趕不上七點半的電影。我問蔡萬福能不能把他的父母叫醒。他的面上露出難色。陳金土說：「那我們在戲院等你好了。」我們還教蔡萬福，要找賣票的小姐打出「陳金土外找」的字樣。在微弱的光線裡，我看不清他到底弄懂了沒有。

赴電影院的路上，陳金土一直向我抱怨：如果蔡萬福眞的想去看電影，怎麼不曉得早點向他父母要錢。我卻想到，我們忘了告訴蔡萬福怎麼去電影院。陳金土叫我不要擔心。他說，任何三歲小孩都問得到電影院在哪裡，如果他眞的想去那裡看電影。

我們看完電影，蔡萬福仍然沒有出現。陳金土說，剛才把時間給浪費了，他要我陪著在附近逛逛。我們走出戲院，看到轉角口有火花從爐子裡飛到街頭。陳金土說，那邊也許有人在吃喜酒，我們何不過去看看。

在我的記憶中，戲院旁邊原來是一塊荒廢的地，沒想到現在已開出一條短街，兩邊還蓋了房子。我們走完那條街，發現接上的正是那條通往學校的新馬路。讓我們大開眼界的是，馬路兩邊擺了長條的活動攤子，上面還點了一盞盞的蠅頭小燈。我們走過去，看到小吃攤的販子不停地扔食料進鐵板上，引起一團熊熊火苗和「嗤——」的一長聲。顧客在炙熱的火光照射下飲著酒，臉上也反射出興奮的火焰。我對著面上有眩惑神色的陳金土說：像這樣再發展下去，這個小鎮不曉得會變成甚麼樣子。他卻向我一再搖頭，表示聽不清我在講些甚麼。

逛完小吃攤，街上的兩邊仍然是開敞發亮的商店，我們便沿著街走下去。到了房子盡頭，我發現菜寮的木舍就在不遠的黑暗裡。那些隱隱約約的燈火使我想起曾在窗邊聽到的歌仔戲聲。只是從這裡看過去，那兒的一切都像虛假不實的樣子。陳金土大概怕我又生出甚麼怪點子。他趕忙在我身邊說：「時候不早了，我們回去吧！」

過了那天以後，我們又回復忙碌的日子。蔡萬福仍然準時放學回家。有時候，老師不依照時課表上課，他還可以更早離開。我們依然要上額外的兩堂課才能回去。偶而看到蔡萬福，我由於心虛而不敢問他那天爲什麼沒有趕去電影院。他看到我也顯得生疏了許多。

五月裡，畢業典禮又讓大家忙碌好一陣子。要升學的同學被安排在一起，每天預演著畢業典禮的儀式。大概是我們讀書讀得太辛苦了，每個人似乎都得到一份獎品。其中以陳金土得到的鎮長獎最引人注目。鎮長的名字是陳金喜，所以在好幾次模擬的儀式中，教務主任一報出鎮長獎，大家都止不住笑聲。

正式的畢業典禮是在一家新開張的戲院舉行的。鎮上兩個學校的畢業生都聚集在一起。典禮大部份的時間是無聊的頒獎活動。輪到鎮長獎的時候，在一陣哄笑下，陳金土大跨步走到講台前。受獎以後，他轉過身，臉孔已變得像肩上的彩帶一樣通紅。頒獎之後是縣長的講話。他說，我們縣裡正一步步走向繁榮的道路。現在在經濟部登記有案、預備來本縣設立的工廠已經有二、三十家之多。畢業後不打算升學的同學有福了，他們可以及早學以致用，報鄉報國。說完了，放牛班的老師帶頭鼓起掌來，不久才有零星的掌聲跟隨在後。教務主任看我們反應得不夠熱烈，趕緊站起來，示意大家拍手。這時候，一個角落裡忽然響起了尖銳的口哨聲，引起了哄堂大笑。

典禮之後，我和陳金土要繳回肩帶，所以離開得比較晚。我們走在隔壁班（也就是放牛班）的同學後面。有人在前面催促那些人快走。我聽到其中的一人說：「幹甚麼？現在還有人管得著嗎？老子在這裡愛待多久就待多久。」陳金土聽了居然不假思索就說：「有甚麼了不起！沒有老師管，還有警察管。」

我們又走了一陣子。前面的人回過頭來看了我們一眼，又交頭接耳說了一陣子。接著，我們聽到他們說：「那個鎮長叫甚麼來著？可眞沒水準，怎麼還頒獎給自己的弟弟？」另外一個附和著說；「是啊！恐怕還是他阿爸細姨生的。」

我還來不及阻止，陳金土的話已經說出口：「你們講話不要隨便傷人好不好。我跟鎮長沒任何關係。」前面的人聽到，便停了下來，臉孔轉向我們。等到我們走近了，他們中的一個指著陳金土說：「剛才講『沒有老師管，還有警察管』的就是你，對不對？」陳金土說，他講的只是一般人都明白的道理。那個人回說：「我看，就是你最欠人管，才喜歡口出狂言。」旁邊的人都哄笑起來。原先走在前面的人也往我們這裡走來，在我們四周圍成了一個圈圈。我發現那些都是隔壁班的人，心中暗叫不妙。這時候，我們身後忽然有人喊：「警察來了！派出所所長來了！」我才想到，派出所所長確實有參加今天的典禮。

圍繞在我們四周的人便一哄而散。我跟陳金土故意站在那兒不動，卻沒看到甚麼像樣的人物出現。隔了一會兒，我看到蔡萬福向我們這裡走來。他走到我們身邊，慢下腳步，向我們眨了一下眼，同時小聲說：「沒事！你們慢慢走！我是來嚇唬他們的。」接著他超過我們，向還在觀望的人說：「還不快走！派出所所長就要來了。」

這是那年我最後一次看到蔡萬福。接著，我和陳金土考上城裡的中學。鎮上的新馬路也全通了，公車開始從那裡駛過，交通開始擁塞起來。過了幾年，我們全家搬到了城裡去。

這些可是二十多年前的事了。直到最近，我才再度碰到蔡萬福。他個子長得並不高，身材卻粗壯了許多。如果他沒叫喚我的名字，我絕對認不出他來。蔡萬福跟我說，念書人的樣子不容易變。前幾年，他在鎮上碰到陳金土，還是老樣子，只是戴了一副眼鏡。接著他告訴我，他打聽出陳金土已經定居國外，偶而會回鎮上探親。我聽了，心裡有一股酸意。蔡萬福又說，這幾年台灣人都發了。在國外住又有甚麼了不起，對不對？我問他是不是還住在菜寮。他說，他仍然住在老地方，只是原來的木舍已改建爲四層樓的公寓。他給了我新住址，囑咐我有空去看看。

有一天晚上，我突然決定去菜寮拜訪蔡萬福。我依循他的指引找到那條街。到了那兒，我已經完全搞不清楚自己身在何方。我走進蔡萬福的公寓。他的太太告訴我，蔡萬福還沒到家，通常也不會那麼早回來。她要我坐在客廳裡等待。我陪著三個小孩看了一陣子電視劇。他們被媽媽叫去做功課的時候，我便起身向蔡太太告辭。她再三向我道歉，並且留下我的電話號碼。臨走前，我問她這個地方以前是不是叫菜寮。她沉思了一會兒，說她不知道。

出了公寓大門，我在附近的大街小巷裡繞了幾圈。我留意每個黑暗的角落，聆聽每個細微的聲音，然而我沒有找到一塘池水，沒有聞到艾草的味道，也沒有聽到沙沙的聲響。我知道，菜寮早已消失得無影無蹤。

# 走上土堤

在堤頂上，我看著那條走向我家的路。土堤的左邊長著旺盛的植物，根部在堤坡上，卻冒出了頭，好像搶著要看堤外的風景。這條路保持了幾十年前的模樣，讓我覺得，只要沿著它走，我就可以走回家，好似四十年前那樣。

每次去那裡，時間總是上午。太陽出來了，卻驅逐不掉空氣裡的涼意。以前住在那兒，我並沒有這種感覺。難道離開得久了，身體已不再適應當地的氣候？也許只是因為我去的時候總是冬季，而且總是舊曆年的時候。只有在那個時段，我才有時間，加上心情。

我總是從那條泥路走上去。它其實是個緩坡，慢慢延伸到土堤頂端。平日也許有人踐踏，硬梆梆的泥巴上並不長草，看起來像條路，雖然形狀不見得像。沒有走到坡頂之前，視線並不開朗。一定是這原因，我們小時總把它當成一個障礙。大人也不斷囑咐我們，千萬不要靠近水邊，好多不聽話的小孩就那麼淹死了。

每次去，那裡都有變化。四十年前，我離開那裡，搬到北部去，為了追趕外面的變化。現在，變化終於降臨此地。我第一次回來，心中充滿了訝異。那條上學去的柏油路，原來只是個窄巷子。鹽廠關了。廠裡頭那條直通通的路，現在也成了窄巷子。路的兩邊已沒有人家。路不通了，不再有人從那裡走過。盡頭有個廢棄的實驗室。我努力琢磨著，它與那些消失了的房子有甚麼關係，卻一無所獲。

那時履鋒東村還在，我在村裡找著了吳志堅，還有他的哥哥和弟弟，都是從外地趕回來過年的。那個家，平日只有吳媽媽守著。她的視力不行了，湊近我仔細看了好一會兒，卻沒說什麼。吳志堅也沒說什麼，我就什麼也沒說。後來，再過幾年，履鋒東村拆了。那年的感覺最冷。偌大的一個村子，我突然發現，還在那裡的時候有阻擋冷風的功用。那天，我沒有走上坡頂，只想找個人多的地方去逛。我在古堡下的老街找到了人群。那些穿著溫暖衣服的遊客，雖然不能為我擋風，卻帶給我些許安慰。再過兩年或三年，東村的原地上站立了磚塊砌成的樓房。因為這樣，那地方看起來變得十分陌生。上土堤的路卻是老樣子，依舊是空蕩蕩的。柏油路仍然斷在它的前端，接下去的則是像路又不像路的小徑。現在我甘心把它當成一條路，感覺到自己倍受歡迎。

鄉下沒有一處地方有明顯的界線。鹽場的四周沒有圍牆，只有魚塘和雜草。有時候，垂入魚塘的草被人攔腰砍了，成為一種有形的界線。于台光的家算不算鹽場的一部份，我從來都不清楚。如果你跟媽媽要錢，你最好說，你要去鹽場的于家買大餅。是這原因，我一向受台光家歡迎。我大剌剌地走進他家客廳，台光還叫我繼續往裡頭走。擺了大餅的箱子放置在通往廚房的走道上。現在我已記不清那裡的擺設，只記得所有小孩都睡在一旁不遠。

大二暑假，我去台光家造訪了一次。那時我已搬到台北，上了大學。台光剛退伍不久，考上大學的夜間部。初嘗自由的氣息，我們聊的都是自己的未來。台光搬出他家，住進一旁的日式建築，在那兒幫人看房子。房子裡的家具已多半清除，只剩下一張床，和一個餐桌，兼寫字桌。那是個夏天的午後，我們坐在空曠的房子裡聊天。那兒離海邊不遠，你覺得任何東西都跟海有關：發著光的藍天，從一邊窗子吹往另一邊窗子的風，還有在我們頭上不時嗡嗡作響的飛機。那是出國前我最後一次去台光家。再回台灣時，台光的爸媽已去世，弟妹全出外謀生。台光帶我舊地重遊，卻沒有去看那棟荒廢了的房子。後來我每走經這裡，明知房子就在附近，也不曾走近它，好像爲了尊重別人的隱私才不這麼做。

那個魚塘，卻是老樣子。我在台光家作客的那一年，發現他家的廁所果然如從前所聞，搭建在池塘上，顯示那時的池裡依然養魚。現在每走經那裡，我看到的總是靜靜的一池塘水。芒草佔滿了岸邊，阻擋人從任何一處下水。就像台光的老家一樣，廢棄了的房子靜靜地混在自然物裡面，看起來沒甚麼不對，反而更加順眼。

沒有走上坡頂以前，我總幻想土堤後的水比陸地高。這個影像也許是我聽荷蘭小孩的故事而想像出來的。在阿姆斯特丹的時候，我還想起這個故事來。一個小孩拿全身用得著的細長部份去塡塞堤防的漏洞。想到那裡，我就感到好笑。阿姆斯特丹的城裡看不到任何堤防，我腦子裡出現的其實是這兒的堤防。

終於走上坡頂。每次我走上這裡，看到突然變得寬廣的天地，會覺得花費那點兒勞力是值得的。短短的幾步路，爲什麼以前總被我們視爲禁忌？也許是因爲這裡沒甚麼可看，只有鹽水溪沖積而成的荒地，跟土堤內的世界截然不同。幾百年來，這塊地一直沒人理睬。唯一出過鋒頭的一次是鄭成功船隊出現的時候。從地圖上，我得知四草砲台在對岸，鹿耳門也在附近。這些地方，以前都隱藏在灰灰的地平線上。現在那兒出現了房子，我南下取道的17號公路也經過這片荒地邊緣。這些地方在過去都不爲我們所知。那時候，看著這荒蕪的一片，我們只會說，那邊就是外縣市了。講這話的時候，每個人都感到得意。只差一條河，你就置身在外縣市了。眞要去這些地方，可要花上幾十倍的車錢，吳志堅的哥哥對我們說。

在堤頂上，我看著那條走向我家的路。土堤的左邊長著旺盛的植物，根部在堤坡上，卻冒出了頭，好像搶著要看堤外的風景。這條路保持了幾十年前的模樣，讓我覺得，只要沿著它走，我就可以走回家，好似四十年前那樣。我並沒有走下去，只是站在那裡，看著生機盎然的植物，當中還站著一棵聖誕樹，在這個並不缺乏陽光的冬季，頭頂上張開了好幾層寬闊的紅葉。還有一種爬藤植物，繞著其他植物的莖部，把自己的果子懸掛在太陽照得到的地方。這是虛有其表的果子，我知道。那種可以放進嘴裡的漿果，這時卻見不著。還有那種毛扎扎的種籽，你只要走過去，褲子和毛線衣就會沾上它們。從前，我們回到村子前，一定將它們從身上拍掉，以免留下河邊玩耍的證據。

去年舊曆年，我終於走進我家所在的村子。已經有好幾次，我從它前面經過，知道那是我住過的地方，只是村名改了，模樣更全然不同。向明帶著我在裡面繞了一圈，現在她的媽媽還住在裡面。我茫然地看著改建後的村子，唯一的空地是一座籃球場。以前我們村裡的空地上長著蕪草，接近秋季時會抽出白茸茸的狗尾來。向明問我，可知道我家房子在什麼位置。我說，我只知道旁邊有棵榕樹。她帶我找到兩棵榕樹，都在人家的後院子裡。我不曉得，我說。我也不曉得，向明說，誰叫你以前住在那麼高級的地方，別人想進都進不去。向明以前住在鹽場的大統艙裡，離我們村子不遠。我們倒常走進大統艙，呼喚她一起上學去。那裡的大人不會對我們使臉色，大概都知道村裡的大人是穿黃顏色制服的軍官。

我走下土堤。這次我決定這麼做。我沿著一條小徑往下走，打算走到河邊去。僅僅四十年，土堤下的景觀已經完全不同。過去，河旁邊只生得出銀合歡，其餘則是颱風季節帶來的泥巴。水位低的季節，污泥敞露在陽光下，螃蟹在上頭四處爬行。現在泥巴堆積在紅樹林的腳下。這些植物穩定了地形，穩定了水的走向。銀合歡仍然散佈四周。老氣橫秋的樹幹、開了口的豆莢，顯示它們佔據此地甚久。小徑旁有殘餘的河水，曾經被圍來作魚塘使用，現在看來荒廢了。水草逐漸蔓延水裡，卻討不到太多便宜，因爲這裡的土壤太鹹。

我繼續往前走，儘管小徑不斷拐彎，妨礙往前看的視線。地上看得到一攤灰燼，你卻猜不出那裡發生過什麼事。在路的盡頭，我看到一個豎立的小磚屋，站在河水邊。這是一種奇怪的建築，裡面僅容一個人，而且沒有門板。我在其他有魚塘的地方也曾看過這類建築，不曉得用途何在。也許只是用來顯示這塊地屬於某個人，搭建了這磚屋的人。這就像坐在路邊吃飯的小孩，看到你出現，就把碗湊近了嘴邊，順便扒一口飯，好讓你知道不要繼續瞪他。

在走回土堤的路上，我想起我小時曾經獨自走來這裡。我已記不得那天發生過什麼事，只記得早上我還帶了便當到學校去。那陣子，學校的老師鼓勵我們帶便當。這樣，我們就可以把時間放在書本，而不是在路邊的玩耍。學校的老師總有這類一廂情願的想法，而我的爸媽是那種樂意配合的人。我記得那個中午，吳志堅很早就離開學校，凡是住在我們村子和履鋒東村的同學很早都離開學校，只有劉景炎和我還留在那裡。也許問題在此，也許劉景炎的媽媽也是那種願意盡力討好老師的人。幾天以前，我還記得，我叫劉景炎儘快還我賭輸的十根棒棒糖。爲了這，劉景炎的媽媽到學校來找了熊老師。熊老師把我叫到辦公室去，用很柔軟的語氣問我，有沒有這回事。末了，熊老師還說，一定要還十根棒棒糖嗎，一根或兩根可不可以？

我知道，那天的事情跟棒棒糖無關。我卻記不得到底是甚麼事。我在猜，也許是早上熊老師公布了小考成績，劉景炎考了一百，而我只有九十上下。考卷發到我手裡，熊老師還看了我一眼。「退步了！」她對我說。我可能警覺到更多的事，包括那十根棒棒糖，當時卻沒有出現在我的腦子裡。總之，在劉景炎打開便當的同時，我卻拿著便當往外走。

我走到此時立足的河邊，記不得在路上看到了什麼，跟什麼人講了話。我唯一記得的是，本來我打算坐在這裡吃掉尚未開封的便當，卻發覺這偌大的地方竟無一處可坐。我還記得，這裡曾停靠著一艘很大的木船。在走上土堤的路上，我的腦子已經浮現那隻木船的影子。我也記得，當我走到廢棄的木船旁，我聞到腐朽的味道，發現那是木船裡堆積的腐水的味道。如果記得不錯，我並沒有碰那個便當。我把飯菜倒在沙灘上，然後用沙掩埋了。整個下午，我都不感到餓，也許是那腐水的氣味依然在我的鼻子裡和胃裡。其後的幾天，我心裡想到的只是如何及早離開這個腐朽而落後的鄉下。四十年過去了，我早已離開這裡，在北部讀完大學，在美國拿到學位，做過事，而且回到台灣來。

我重新走上土堤，思慮著還要去哪裡逛逛，想到可以從河口跨過鹽水溪。在橋上，我本來想停留片刻，卻決定繼續驅車北上。這條橋現在可以通往四草，接上我來時經過的17號公路，這是台光昨晚告訴我的。走在新開通的道路上，看到嶄新而空曠的柏油路面，我加快了車速，闖過還亮著紅燈的十字路口，感到一陣興奮。接著我想，就這樣，我已經置身在「外縣市」了，心頭突然感到一陣酸疼。

# 天涼好個秋

一陣風吹到她的臉上。風裡面有這城市被蒸熟了的味道，裡面也潛藏著入秋的涼意。好漂亮的晚霞呀！剛才她坐在梁董的房間裡，看到鑽進房裡去的斜陽，就應該期待這樣的光景。

人死了都得找個好日子出殯，她眞不該站在這裡枉費時光。今天的折騰已經夠了，就讓它到此結束吧。

她坐下來的時候，看到梁董的兩隻手交疊著，形成一座金字塔的模樣。這讓她想起在報上看過的一個補習班廣告。畫面裡的男人，雙手並不是交疊的，右手好像還握著一支筆。這兩個人看起來卻那麼神似，也許是因爲姿勢都十分做作的緣故。

不知從何時起，那幅廣告已經從報上消失了。前幾天，她恰好坐在同事的車子裡，看到一棟大樓掛著那家補習班的招牌，她還脫口唸出了上面的字樣。

——梅姊曾經在那兒做事嗎？駕駛的小吳問。

——別傻了，坐在駕駛座旁的小蔣插口說，這是家補習班，你都不知道嗎？當年可是赫赫有名的留美補習班呢。

爲什麼要說「當年」呢？難道它已經倒閉了？或者創辦人尾隨著客戶移民到美國去了？在她認識的好些人裡面，飛菲就是這家補習班的客戶。當時，飛菲還邀她一起去報名呢。也許就是從那時起，這畫面烙進了她的腦海裡。她曾經納悶，一個每天吃燒餅油條時所看到的廣告，怎麼會對飛菲產生那麼大的誘惑？飛菲的父親不是個窮公務員嗎？也許是失戀的打擊堅定了飛菲出國的心意。那時她跟一個男孩要好，卻無端遭到他甩棄，只因爲她提出一些天眞的想法，一些屬於小女生的想法，像穿情侶裝這類的事情。

現在飛菲已經在亞特蘭大定居了，嫁給了當地的一名白人警察。飛菲出國的那一天，她也在送行的行列裡。也許是那人擠人的場面，或是那天離別的情緒，讓飛菲看起來仍然像個失戀的人。在回程的巴士上，她想到那張臉和上頭的表情就感到難過，好像離開的人不是飛菲，而是她自己。到了亞特蘭大以後，飛菲就沒有再跟她聯絡；連一張卡片都不曾寄給她。爲什麼去了美國的人都變成這麼無情呢？

梁董還在繼續他冗長的開場白。他的頭髮略顯膨鬆，臉上缺乏光澤。西裝上衣開敞著，露出沒有紮結領帶的白色襯衣。這樣的穿著，讓她想起那些變態的男人所愛好的裝扮。

通常在前幾分鐘的講話裡，她都不必費神去聽。梁董好像又講到「我們都是一家人」的那些話。這個人和他那富有的家族當然不會把公司裡的員工當成自家人看待。她來公司服務了這麼多年，也只去過梁家一次。那是因爲他們剛在外結束一個會議，梁董請她趕回公司去拿份文件給他。

——送到我家去好了，梁董走進座車以前說。

坐進車子裡，梁董又伸出了頭子。

——等一下妳留下來吃晚飯，正好可以見到一位名作家。

那其實不是一個怎麼有趣的宴會。男女主人花了好長時間介紹親友給那位作家。成群的親戚湧進客廳裡，介紹完畢後，又一個個尋找藉口溜到其他的房間去。輪到她被介紹時，她對那位頭髮已經脫落的作家說：

——你是我的，不是，我是你的崇拜者。

這話讓她自己都覺得噁心。在接下來的言談中，她的腦海裡一直揮不開她老師對那位作家的批評。他說，這人恃才傲物，目中無人，在新書發表會上還用英語跟外國來的慕名者大聲交談。聽到這評語的時候，她還坐在大學講堂裡。那位年輕講師咬牙切齒地講著，也許只爲了喚醒下面一群可憐的瞌睡蟲。轉眼間，這位飽受批評的作家已變得頭髮稀疏。

過了幾天，梁董將這位作家親筆簽名的近作交給她。她去梁家作客的事就這樣被大家知道了。小蔣還有點吃味地說，這表示她就要升官了，林進基就是這樣升成經理的。任何人都知道，林進基晉升以後依然猛跑老夫人的勤務。她可不想在自己的下半生做同樣的事。

梁董已經停止講話，在等待她的回應。剛才他說了什麼來著？蔣興國是他最後提到的名字。今天的主題必然與小蔣提出的辭呈有關。上次她坐在這裡討論這件事，梁董可沒有這麼嚴肅的模樣。那時他也沒有著西裝外套，整個身子還面向陽光染黃了的牆壁，片刻也沒有轉到她這邊來。看到那模樣，她就想衝出去，對外面的人宣布：這公司已經完蛋了。

「經過一段日子的考慮，董事長的決議如何？」她決定以迂迴的方式逼近話題，心裡卻有一種失落的感覺。

梁董楞了一下，眉毛也皺了一下，似乎在抱怨這時正移到他臉上的陽光。單純從這人對西曬的適應程度，你就可以推斷他待在辦公室裡的次數。

「這個問題……，是，這個問題確實很重要。謝謝妳上次來我這裡，反應同仁的意見。

我準備把它提到董事會去，相信大家都會認眞考慮這個提議。」

可見梁董並沒有搞清楚事情的來龍去脈。任何人只要留心聽，就可以體會出，這個建議根本是她自己提出的，爲了設法挽留像小蔣這樣的同事而提出的。小蔣曾經對她說，一個不準備跟上時代腳步的公司是不值得員工效命的。

「當然，」她補充說：「任何人在面臨新技術的時候都會猶豫不決。我自己就——」

「是，是，……」

梁董用稍帶氣喘的口吻打斷了她。每當他對話題失去興趣的時候，就會用那輕微的氣喘來打發對方。她剛進公司的時候，這人的頭銜還是副董，身材像老董一樣乾乾扁扁的。老董去世以後，他的身形幾乎在一夕之間長得順溜了。好像他的身體在那時得到一個訊息，知道那撥交給它一半基因的生命已不在塵世。

「妳來公司已經有好多年了。」梁董改換另一種口氣對她說。

這話觸動了她心裡的傷處。事實上，都已經快十年了。那天，小蔣對她說：梅姊，要是有一天我也像妳一樣……。她眞恨自己還花了那麼長時間來勸導小蔣。

「我還記得妳是在美齡之前便進入公司的。」

可是方美齡早就離開了。

「我記得特別清楚，因爲我自己也是在那段時間加入公司的。」

除了姣好的身材外，方美齡還有什麼値得人念念不忘的？她很早就直覺到，這位小姐不會久留。事實上，自從梁董接管公司以後，沒有一個人在這公司待滿四年以上——除了一些已經晉升爲主管的人，還有她自己。

「公司裡一向的作法是這樣：我們絕不虧待長期爲公司服務的員工，從老董事長以來，我們就堅持這個政策。」

可惜這政策到他接手以後根本派不上用場。

「我們是個一向重視職場倫理的公司。」

她克制著幾乎要湧到嘴邊的笑意。她不知道這人在暗示甚麼，她已經不想表達任何意見了。反正這公司就要完蛋了。走出房間以後，她會告訴小蔣自己的看法。也幫我留意一下外面的出路吧，她會對小蔣這麼說。

小蔣曾經對她說，那麼多人辭去職位，因爲大家都知道梁家已經從製造業轉到金融業，這也是爲什麼老頭子願意把這公司交給他。

「剛剛妳提出的意見，」梁董突然說：「我知道，這是蔣興國在背後鼓吹的。」

她的臉頰不由自主地熱了起來。

「從這個位置，我可以看到別人不容易看到的問題。」梁董繼續說。

聽到這話，她感到憤怒起來。讓他繼續得意吧，她已經不打算回應甚麼。小蔣說得有理，梁家留著這個公司只是在利用來套利。

「很多人，在公司裡沒待上幾年，就吵著要加薪，有的人甚至吵著要晉升。如果你不答應他們，他們就在背後鼓動風潮，製造離開公司的藉口。」

辭職還需要藉口嗎？這可是她所聽過最荒謬的說法。

「公司當然不會放心把責任交到這些人的手上。」梁董繼說：「可是妳跟他們不同，梅姊。我曉得公司裡的同仁都這麼稱呼妳，這也顯示妳受人愛戴的程度……」

陽光更斜了。整個辦公室轉成溫暖的黃色色調。公司附近有一所小學，如果這時有人把窗戶打開來，她便可以聽到放學小孩的聒噪聲，迴盪在兩排樓房包夾的大街上。

「剛才我說過，公司從來不會虧待老部屬、老員工的。」

梁董把目光移回到她發熱的臉頰上，做成深情的模樣看著她。

「我們查了一下妳的年資，又查了一下公司的記錄。」這人繼續說：「很慚愧，在我任內，沒有什麼案例可循。老董的任內，倒有很多例子可供參考。」

「恭喜妳了！梅姊。」梁董停了下來，看著她，等待她的反應。

恭喜甚麼？她期待身後的門會突然推開來，一小群人捧著蛋糕蜂擁而入，上面寫著「慶祝就職十週年」之類的字樣。

甚麼嘛，哪有這麼久？拜託，別這樣整人好不好！

「啊，妳看我——」梁董拍了一下自己的腦門，卻不像他所模仿的人那麼有氣派，不管他有意模仿誰。

「是這樣的，」梁董頓了一會兒繼續說：「林進基，林經理已經在公司待了一段時日。如妳所知，老董在的時候，他已經進公司來了。」

她隨著梁董一起點了點頭。

「最近他跟我報告，說他想去我們的關係企業裡開創他的第二春。」梁董繼續說：「我本來捨不得放他走。但他跟我推薦了妳，我才放了心。」

「所以，再度恭喜妳了，梅姊。」

她感覺到自己的嘴唇被好多根線牽住而講不出話來。梁董還在微笑地看著她，那配合他的笑容而微微上翹的小鬍子更增強她的不安。她像是房間裡唯一聽不懂這笑話的人，因此無法隨著眾人一起開懷大笑。

電話鈴忽然響了起來。從剛才到現在，這房裡的電話一直都沒有響過，現在卻響了起來，像是適時得到暗示似的。

梁董拿起了話筒。

「韓老——」

梁董提高了聲調，語音也跟著愉悅起來，好像他坐在這裡的目的就是在等候這一刻的來臨。

她站了起來。梁董理解地向她點了點頭，又把目光收回，聚焦在原先的地方。好像那裡放了個小螢幕，顯示著電話另一端人的臉孔與表情。

她回到辦公大廳裡，裡面已經散播著下班的氣息。

梁董到底是甚麼意思？難道他要她接替林進基的位置？林進基可是經理耶。一定有甚麼地方弄錯了。她的心卻禁不住怦怦地跳了起來。剛才所有梁董的話不都指往這個方向嗎？他說，公司不會虧待老部屬。又說，林經理向他推薦了她，他才放了心。她應該去找小蔣談談，看看這人葫蘆裡賣的到底是什麼藥。

不管公司安的是甚麼心，她會對小蔣說，到時我會派你去外頭修習課程。

小蔣一定會用無可救藥的負面心態來幫她檢視這整樁事。他可能會說：他們只是在青黃不接的時候找個人暫時頂替一下。或者，這樣做能爲公司省下一筆很可觀的人事開支。

不，她不能跟小蔣討論這件事。他甚至可能會認爲她在賣友求榮。

她抬起頭來，往小蔣的位置看了一眼。

這人反正不在座位上了。

坐在遠處的阿金卻用不耐煩的眼色移開了與她意外相接的視線。

誰在看妳呀，她突然想站起來說，妳以爲我會像妳一樣沒事可做嗎？

收音機又傳出那種尖銳而難聽的歌聲。平常聽到這類的下班音樂，她的心早就溜到路上去了。然而她是否要留下來等梁董呢？這人是否還有別的話要向她交代？也許剛才他所理解的默契是，她只是暫時離開一會兒，以方便他與韓老談話。要是他走出來，發現她已經離去，會做何感想？

梁董的辦公室仍然是緊閉的，看來這人還有好多事情要處裡，或許又碰上棘手的事也說不定。這個可憐人，剛進公司時必然知道，他所接手的公司並不比雞肋好許多。這許多年來，他在樓房裡好像依然摸不清狀況。有一次，他去茶水間傾倒茶葉渣，嚇到了在那裡清理櫃台的蔡媽。

眞難爲他把她看成了一塊料。他是怎麼發現到她的？平常只有在中午時候，這個可憐人才會走進公司來。那時候，她正爲了截止時間的逼近而處於水深火熱中。這個傻人，必然將她的慌張看成了敬業。他還把那位作家署名的書轉送給她。一定有人說，老闆將自己不希罕的東西轉送給屬下是討好他們的一種方式。他可能並不是這樣的人，才肯花功夫邀請作家到自己的家裡。也許，作家簽署名字的時候還提到了她。那位小姐，他可能說，對文學可有一套看法呢！

她從手提包裡掏出一面小鏡子。從裡面，她看到的還是自己剛從學校畢業的樣子：臉頰依然鼓鼓的，兩隻眼睛從小就逐漸往相反的方向長去。媽媽曾經期望它們將來能夠變得親密些。然而，這對不中看的眼睛，加上眼角偷偷長出的紋路，意外構成了讓上司信賴的形象，這可是媽媽始料未及的事。

現在是什麼時候了？起身準備離開的同事都往她這兒瞧了一眼。這些自負又沒見識的人，一定以爲她被梁董罵了出來，才在這裡賣乖獻殷勤。

她決定拿起手提包走到茶水間去。爲了節省一點可憐錢，公司並沒有在這裡安裝冷氣機。這房間卻成了她與外界通聲氣的地方。有一次，她在那裡把爸爸寄到公司的信重讀一遍，就著旋開的水龍頭哭了起來。爸爸在信上說，媽媽希望她能夠辭掉工作回去，他們會設法爲她安排合適的對象。那是公司才搬進這棟大樓的時候。在這之前，她寫信回去，說了些必須另覓住處的抱怨話。

後來的日子裡，繁忙的工作完結時，她也會走進這個房間來。從這裡往地面看，那些稀疏而渺小的人在街上緩步行走著，會讓她想起跟飛菲逛街的日子。

那應該是大一下學期的時光吧？經歷了一段時間的摸索，她們已經曉得如何應付學校功課。飛菲總有一些不爲人知的消息，知道哪裡有百貨公司在大減價，哪家二輪戲院在上演她們錯過了的搶手片。那時候，這城市的交通還不像現在這麼糟。不管她們走到哪裡，碰到的都是一清二爽的街道。尤其是在下午兩三點的時刻，唯一的顧忌是害怕碰到熟人。怕什麼呢，飛菲說，熟人才怕碰到我們呢！

一陣風吹到她的臉上。風裡面有這城市被蒸熟了的味道，裡面也潛藏著入秋的涼意。好漂亮的晚霞呀！剛才她坐在梁董的房間裡，看到鑽進房裡去的斜陽，就應該期待這樣的光景。今天一定是農曆本子上說的好日子。倘若還有敲鑼打鼓、吹嗩吶的隊伍從樓下經過，就更能印證她的猜想。人死了都得找個好日子出殯，她眞不該站在這裡枉費時光。今天的折騰已經夠了，就讓它到此結束吧。

她走到大樓外，風吹得好舒適。等一會兒梁董出了大樓，就算有些不快，也很快會煙消雲散的。最後一次碰到這樣的好天氣，她正好去老市區爲梁董了結一個私人帳戶。這原本是秘書小姐該效勞的事。以後林進基撇下的外務恐怕也要由她來擔當了。去外頭跑跑其實並沒有甚麼不好。公司裡的業務會自然有其他人來分擔。她可是一名主管了，沒什麼好客氣的。

然而，事情果眞如她自己所認定的嗎？管它呢。就算誤會了，那也是明天的事了。何不今晚就搶先慶祝一下？找小蔣他們一起吃晚飯。今天就由我來做東，是過生日還是爲什麼，你們自個兒去猜。小蔣到哪兒去了，還有他的那些死黨？時間未過七點，這些人一定還窩在某家咖啡店裡。打手機便可以找著他們。天氣太好了，幹嘛急著回家呢？

剛接通對方的手機就被踢到語音信箱去。看來這是他們計謀的一部份。這群人說好了在某處碰面，還要確保不受外人干擾。也許他們知道梁董要召見她，故意不等她出來便離開。也許他們已打聽好風聲，才做出這種抵制她的動作。

不管他們了，這群情緒不穩的年輕人。

既然只有一個人，她可不想繼續在附近逗留。這時候來往這條街的都是些趾高氣昂的小姐，長長的腿蹬在細細的鞋跟上，又擔心別人瞅著她們看，故意擺出一副冷漠的面孔來。她可不想跟這些人分享美麗的黃昏。

她在考慮，是否回公司帶本書出來。然而今天的心情那麼好，她並不想回家去。也許去老地方走走吧。上次爲梁董跑腿可是一年以前的事了。說起來眞夠嗆的，公司都遷走那麼久，他在那兒還有個戶頭沒結掉。如果不在乎那麼一點錢，何必要勞煩她跑一趟？那天的光景倒眞好。那時颱風徘徊在外海，說要來又羞怯，倒把夕陽的光線洗得乾乾淨淨的。走過巷子口，風還把水煎包的味道吹進了行人的鼻子裡。

以前就因爲喜歡那區域，她才選了這家公司上班。飛菲是第一個帶她到那裡去的人。那時候，飛菲還沒有男朋友。每次她們去那兒，都選在一家二樓咖啡店落腳。飛菲在那時算是前衛的女性了。年輕的男服務生走上來，她就評論人家的長相。在相識的這幾個女生裡，飛菲最有自己的個性。這樣的人總難免會受人傷害。飛菲當然不容自己淪爲茶餘飯後的笑料。然而，她是怎麼認識那白人警察的？據說在國外，有些酒店只歡迎單身人士前往，男人和女人在裡面相互瞅來瞅去。給飛菲看上的恐怕還不只一個吧？有捨不得的又吃不下的就介紹給我好了。要是聯絡上飛菲，她一定會這麼跟她說。飛菲一定在另一頭咯咯地笑個不停。

眞奇怪，飛菲沒回過台灣，她嫁給白人警察的事是怎麼傳開的？也許有人從她娘家打聽來的。地址簿裡應該有飛菲家的電話號碼。那本老地址簿恰巧還留在提包裡。翻開來，好極了，裡面果然有飛菲的號碼。這小本子也跟隨她好幾年了。兩年前，她還用針線將它重新縫起來。那時候，這本子看起來並不像現在這麼黃。

飛菲怎麼都不肯回來呢？沒有空，還是不好意思回來？難道連飛菲這樣的女性都有了顧忌？那時候，那麼毒的大太陽天，兩人都還肯跑去西門町看電影呢。這樣的日子任妳怎麼想念都不會回來了。然而，飛菲就是死也不肯從火車站那邊走過去。那裡的柏油會黏鞋子，飛菲跟她說。飛菲也是有顧忌的人。要是聽到她升成經理的消息，飛菲會怎麼說呢？

——哦，經理有多大呀？

——沒有多大啦，只是最低層的主管而已。不過，我可沒跟老闆求過耶。

——幾年了呢，妳去那公司幾年了？

——妳剛離開不久，我就去了。

先打個電話給彩霞吧，也許她知道飛菲的近況。上次在同學會裡，就是彩霞跟大家談起飛菲的。自從95年以後，彩霞說，她就沒有再見到飛菲了。95年，飛菲已經離開台灣了。彩霞是怎麼見到她的？也許那年飛菲回來過，卻不想跟她見面。飛菲跟那男生分手時，她原本要勸慰飛菲，卻不愼說了些不該說的話。她們之間可能從那時起有了芥蒂。否則，飛菲怎麼不告訴她正在申請出國的事？

該打個電話去問問彩霞，95年到底是怎麼回事。沒有人能夠像彩霞那樣，事情發生在哪年都記得一清二楚。96年，彩霞對大家說，她自己結了婚。二〇〇〇年，她跟丈夫離了婚，現在帶著一對雙胞胎自立門戶。從彩霞黝黑的臉孔、灼灼逼人的眼神，你就知道她從來沒被時間擊倒過，時間反而被她用數字串綁了。算了，別打電話給她。跟她追溯起事情來，還挺累人的。

要是打電話給嘉如呢？她一定劈頭就問，怎麼樣？中了彩券嗎，還是繼承了一筆遺產？不然怎麼會有興致打電話來？算了！嘉如在畢業前就開始上班了。她經歷的事可不少，沒有一件事在她的眼裡是新鮮的。

就不信她找不到一個人可以聊聊天。繼續翻小本子，慧心的名字跳到了眼前。慧心是個很懂得照顧自己的女生。大一結束前，她轉到外文系去了。畢業以後又嫁給一個大公司的少東，據說是家裡安排的。上次她意外出現在同學會上。孩子們都大了，日子沒以前那麼忙碌，慧心向大家解釋。有空時，她還會去跑跑基金會，純粹做義工的，幫他們處理一下英文書信。慧心不可能有興趣過問別人公司裡的事。

跟慧心比起來，美蘭卻是完全相反的命。大一時有好多男生纏著她，向她借筆記。四年裡，她卻沒交上一個男朋友。畢業後倒也順利結了婚。不用問，是在自己教會裡認識的。這幾年，丈夫跟上司處得不愉快，她也被後段班學生整得好慘。上次美蘭來跟大家辭行，現在恐怕已經在紐西蘭定居了吧。

咦，怎麼還有個男生的名字在裡頭？羅鼎福，不是那個從來不肯用正眼瞧女生的南部人嗎？不是他目中無人，嘉如跟大家說，這男生有強烈的自卑感。從大一開始，除了按照考進的名次入座外，他可從沒選擇前排的座位坐。後來，畢了業，嘉如又跟大家說，這人在學校時就逛窯子了。妳怎麼會知道這回事？有人問。那是我男朋友告訴我的，嘉如說。又是誰告訴他的？唉，妳們就別問下去了，好不好？事情若不是當事人講出來，誰作興去散佈這種謠言！

啊，她想起來了——她已經感到臉紅了——當時把這號碼抄在本子裡根本與羅鼎福無關。而是……。唉，就怪她當時太衝動。不過，這也不是她的錯，是那個男的主動把號碼報給她的。

——要不要抄下來？以免妳費力氣去記，他還裝作好心地對她說。

——好嘛，她也假裝大方地回說，你還有其他男生的號碼沒有？

那個傻瓜就把放在屁股口袋裡的本子掏出來，翻了翻，唸出好幾個號碼給她。因爲有這樣慷慨的動作在先，他也要去了她的號碼。這可是什麼時候的事情？是畢業的那一年吧。過了這麼些年，她怎麼都不曾回想過它？

不要繼續在老同學的名單打轉了。方美齡，這個本子裡居然也有她的號碼，那時為了找職務代理人請她留下的。以後有事就互相幫忙嘛！她記得自己還這麼低聲下氣地說。對方可一點好臉色也不給她看。那時候，她就知道這女人不會在公司久待。

小蔣的名字當然也在本子裡。寫下他第一個號碼的時候，她還猶豫了好久，怕別人誤會這男人是她的甚麼人。現在，他的電話號碼卻一個個加在她的本子上，有公司的、家裡的，還有手機的，好像這人已成為她生活裡最重要的男人。小蔣就要離開公司了——怎麼有好長一段時間她都沒想起這件事？到時候，這三個電話號碼都沒用了，就像此刻的情況一樣。

小本子裡還留下好多沒用的號碼，有印刷廠老闆的、保險公司業務員的、律師事務所的、某月刊社編輯的。還有一些人，即使看了名字，她也無法想起為何要記下來。

爸爸公司的電話號碼也在本子裡，那是她來台北以前記下的。大學時，她倒常使用這個號碼。她打了過去，爸爸會馬上打回給她。每看到這個號碼，她就想起那隻高高的煙囱，豎立在蔗田後，裡面還冒出一縷又一縷的白煙來。現在這個號碼不管用了，爸爸已經退休了。

也許打個電話回家去吧。

那，妳甚麼時候結婚呢？媽媽會問。

——公司可沒有辦理徵婚的關係企業，有一次她在電話上說。

——甚麼？媽媽緊張地回問，公司裡還幫忙徵婚呀？

唉，夠煩人的。

車子到站了。天色也漸漸暗了，天色是趁著她坐在公車裡變暗的。

在晚上，這一帶並沒有她想像的那麼光鮮亮人，也許是因爲她下車的地方恰巧在好幾家銀行旁。這些金融機關，攬下了城裡最好的位置，還把路人用得著的光亮也藏了起來。

她走在騎樓下，拉鐵門的聲音在對街響了起來。這時就有人拉下門來，而且非要拉得那麼響不可。一些文房四寶的店倒很守本分地亮著光，似乎要堅守到十點以後。這些年來都是誰在照顧這些店呢？她跟飛菲可沒正眼瞧過它們一回。

今天晚上，她一定要設法打個電話給飛菲。

——嘿，妳知道嗎，我今天回到老市區去了。唉，別土了，甚麼是老市區妳都不知道，就是咱們以前常去的那個地區嘛！

——喂，飛菲呀，記不記得這裡有一家專賣洋文書的店？現在嗎？早就關掉了。喂，我想說的是，那時候，妳拿起一本書來，放在鼻子前嗅呀嗅的。一個年輕的男店員走過來，嘴裡還唸著：老闆說，這些書是不能聞的。妳就把書拿到他前頭，回他說：那你趕快把鼻子捏起來呀！好棒呀，那小伙子馬上就羞紅了臉。

還有，她要跟飛菲講騎樓下給人刻圖章的。人還在那裡，妳能相信嗎？那時候，走在這條路上，飛菲對她說，

——等我結婚了，就要請那人給我們刻一對象牙圖章。

——什麼？給你們，還是我們？

——當然是給我，和跟我結婚的……

飛菲突然不講話了，而且刻意移開視線，沒有正面看她的臉。

她原來只是講個玩笑話，沒想到飛菲卻那麼認眞。她感到有點兒生氣，沒有繼續那話題。這麼多年過去了。走在這條街上，她才想起這件事。都怪她當時心裡想的只有自己。也許她該問飛菲，那白人叫什麼名字，她可以刻一對圖章給他們寄過去。

才跨越兩三個路口，下面已經是一片漆黑。她停了下來，等綠燈亮了，好轉到對街去。一些要過街的高中生也站在她身旁。如果沒有他們，這條街必然會變得更冷清。

有幾個中年人站在對面的騎樓下，大概是從附近機關走出來的，看起來要一起去用餐的模樣。站在路口當中的那個女人，看起來也是一夥兒的，裂開雙腿的站姿可眞不雅觀，迎向她走去的男人也沒一個中看。

綠燈亮了，那群人仍然分成兩組往公園方向走去。必然是熟門熟路的，曉得漆黑的巷子裡有什麼店是開著的。

要是飛菲在的話，她們一定會跟著這些人走去。有一次，她和飛菲眞的跟了一群人爬到二樓去。到了樓梯口，她們才知道進了不該進的店，卻被服務生緊盯住。她們只好硬著頭皮入座。熱毛巾、茶和瓜子盤立即有人送了上來。她急了，飛菲也急了。那是她看到飛菲臉上現出焦急神色的一次。

——飛菲呀，沒想到是我吧？爲什麼突然打個電話給妳？想妳嘛！不然爲什麼？怎麼樣，那麼多年了，生下幾個小雜種來了？爲什麼那麼狠，就是不肯回來看我們？我嗎？還在同一個公司上班呢，妳走了不久我就進入的那家公司。

——在哪裡？記得以前咱們吃排骨麵的地方嗎？騎樓兩頭給圍住的。對對對，我公司原來就在那附近。現在？店早就沒了！我們的公司也搬了。凡是咱們去過的地方，現在都沒了。

今天回家後一定要設法找人問出飛菲的號碼來。沒問出來以前絕不入睡。然後，也許是今晚，也許是明早，她就要撥個電話到美國去。

老市區裡還有些什麼變化？也許飛菲還會在電話裡問她。

可憐的飛菲，大學剛畢業就忙著出國去，現在恐怕想家都想死了。

她要在這條街上多留一會兒。現在她已經不是那種掏不出錢的窮學生。就在這裡吃個飯吧，給自己慶祝慶祝，不管到頭來的究竟是福還是禍。天可憐見，她上次在外頭吃晚飯是什麼時候？難道就是送文件給梁董的那一晚嗎？已經有好一陣子沒想起這個人了，這場意外的旅程還是他引起的呢。

已經是吃晚飯的時候。騎樓下有個擺攤販的男人正躲在貨堆後吃便當。斜對門的茶坊裡傳出了香味。每逢過年時，她就在這裡購買幾罐茶葉帶回南部去。這時候，同樣好聞的茶葉香卻引不起她登門的欲望。隔壁的書店裡還有兩三位學生，站在參考書的書架前猶豫不決。這些可憐蟲，等他們擺脫了學生身份，必然再也不肯回這裡買書。

她推開一扇四邊有厚厚木框的玻璃門，走入被兩排書架擠縮的走道，後面緊接一座扶手木梯，以弧形的線條向二樓彎去。樓上的咖啡店並不是當年她和飛菲常去的那家，卻是附近能找到最相似的一家。

她以節制的步伐向上走著。鞋跟卻不慎敲響其中的一格木板。一位坐在窗邊用餐的客人被這聲響吸引了抬頭觀望。她變得猶豫不決，便裝作正在等待下面的同伴，往一旁擺著的書架走去。

她的眼睛瀏覽著架上的書本。怎麼都是些老掉牙的書呢？《罪與罰》、《卡拉馬助夫兄弟們》。這些她年輕時就讀不下的書，還擺在那裡嚇唬人。不要說別的，光是裡面那些長長的、唸了好幾遍都記不住的名字，就讓人不想讀下去。

——我也看不下那些書呀。而且，我不根本相信有什麼人看得下。

這是那個男生當時對她說的話。在他報出自己的電話號碼以前，還是以後？聽到他這麼說，她心裡頭突然對他生出一份好感來。這位高材生，當時還是第一名考進系裡的。他會說出這種洩底的話，倒讓她覺得意外。就像那個黃昏一樣，他已經在路口跟她道別了，卻意外從後頭叫住她。她記得自己回轉了身子，看到那副羞怯的模樣。他站在人行道中央，下班的人潮分成兩股從身邊走過。霓虹燈則在他的背後一明一滅地閃著，紫色的雲彩在更遠的天空鋪呈出美麗的黃昏來。

這事情發生在大四那年的郊遊後。那是個臨時約定的郊遊，參加的人少得可憐，連從來不缺席的飛菲那天都沒出現。他們改到新竹的女同學家去玩。男生在她家魚塘裡釣上好幾條魚，女生們也幫著做了幾道菜。她玩得其實蠻開心的。回程的火車上，她還加入了拱豬牌局。

黃昏時，他們在台北火車站前面分手。那男生卻在她的身後叫住她。

——妳急著要回去嗎？他問。

她沒有立即說不。

——如果不急著走，我們在附近吃個飯，好不好？大學四年都快過了，還沒機會跟妳一起吃過飯呢。

他一口氣說出那麼長的話，想必是在心裡反覆練習了好多遍的結果。

說眞的，到現在她都不明白他那天邀她的用意。吃飯的地點是依她的意思選的，就在離車站不遠，是那個用竹籬笆圍住後院的飯店。誰叫他假裝客氣呢！在車站附近，她只知道那麼一處吃飯的地方。爸爸搭火車回南部時，她總在那裡陪他吃台北的最後一頓飯。

吃飯時，男生對她說：妳是南部來的？我也是那裡來的。

——你騙誰？你不是一直住在台北嗎？

——我是在小時搬來的。

——這就證明你不是南部人了。眞正的南部人是不搬家的。

男生沒話可接了。這樣的玩笑話就把他嚇退了嗎？膽子有夠小的男生，要去了她的號碼，卻不曾打電話給她。

有機會她倒要問問，他那天找她吃飯的原因究竟是什麼。

何不現在就打個電話給他？

——你聽我說，今天我走運了，找不到人為我慶祝，所以想到了你。

只有這個人沒有權力拒絕她。是他欠了她的，誰叫他自願留下那個號碼給她。這號碼，現在也許不是他的了。他的父母卻可能依然住在那裡。打過去，她就說是同班同學，因為要開聯誼會，打聽他現在的號碼。

這也是從外面打去的好處。即使出了差錯，沒人查得出是誰打的。

她發覺自己眞的走向掛在牆上的電話機。天啦，她怎麼變得跟飛菲一樣衝動？然而這麼做純粹是好玩，增添一些好笑的題材，等會兒好跟飛菲講。

——咦，我怎麼從來沒聽妳說過這件事？飛菲也許會問她。

——是妳自己沒參加那天的郊遊嘛！

飛菲卻可能把它當成新鮮題材來挖掘，也許還會慫恿她做出進一步的行動。飛菲就是這種雞婆的人。她可以想像飛菲在另一頭咯咯笑的聲音。

她從手提包裡掏出那個老舊的本子來。當時她抄下那號碼，字跡有些潦草。她寫著時，那男生又說：還有我的地址，妳也一併寫下吧。所以，號碼下還有他的地址。看著自己當時的筆跡，她就想起那粗鄙的餐廳、嘈雜的人聲，還有他欲言又止的模樣。到底是什麼委屈讓他邀請她一起吃晚飯？被女朋友甩了？感到畢業的傷感？或者什麼難言之隱，比如說，他其實是她們的姊妹之一……

鈴聲在電話聽筒裡響了，她聽得到自己的心怦怦跳。

這個玩笑實在開不得，她快撐不住了。

聽筒在她還沒來得及掛上以前傳出了聲音來。

不是想像中的聲音，而是一個年歲與她相近的女性。

她還沒來得及回應，自己的另一隻手已經把卡筍按下了。銅幣迅速向下墜落。從這聲音，旁人可以推論出，電話是在接通以後才被掛上的。

老天爺，她做了一件十足的蠢事，而她的手裡還握著那個地址本子……

她快步往樓下走去，顧不得後面是否有人在看她。

她怎麼會那麼糊塗?忘了那男的是個獨子，現在仍然跟自己的爸媽住在一起。接電話的可能是他的太太，公公婆婆則坐在一旁。

她走下樓，推開玻璃門，像個負氣的人正奪門而出，好在街上並沒有人在看她。風吹到臉上，讓她感到自在了許多。秋季已經深了，風吹到皮膚上有一種舒適的涼意。過去每到這個季節，爸爸總會主動打個電話給她，說他看到氣象預報，知道北部的氣溫下降了。

好了，沒事了。這只是鬧劇一場。何況，她又沒做錯什麼。一個始料未及的狀況發生了，讓她一時不知所措，如此而已。這只說明，她在這方面的經驗不足。如果她事先想到這種狀況，說什麼都不會撥那通電話，就是飛菲在一旁也不會。何況，誰說那女子就是他的太太?說不定他的家早搬了。要是她耐住性子問下去，會發現那只是個陌生女子。

唉，回家去吧!這條街已不值得久留。

叫一部車子回去吧，走了這大段路，挺累人的。

上了車，她給了司機指示。從說話的口氣裡，她感到自己已完全鎮定下來。

儘管在某方面經驗不足，她已經是個成熟的女性了。別人不也看到這一點，才指派她擔當公司的大任嗎?想到這，她卻感到有點兒難過。

司機重複她的指示，一面慢條斯理地把計時器的桿子壓下去。這一天，對計程車司機而言，祇是一個尋常的工作天。

車子很快就把她載離光亮的地區，駛入黑漆漆的街道。路旁出現了好幾根石柱子撐起的銀行外殼。公園入口、博物館大門、相擁在鐵椅上的情人，這些都是她所熟悉的景物。爸爸陪她到台北來，首先帶她遊玩的就是這個地方。

回去以後，她要給自己好好慶祝一下。冰箱的冷藏間還有一份燻鮭魚，中層有一杯提拉米蘇，下層隔間裡也還有一棵洋芹菜。

然後，她會設法打個電話給飛菲。

——飛菲呀！是我啊。很意外吧？有沒有嚇了妳一大跳？什麼，爲什麼打電話給妳？妳自己說，爲什麼嘛。當然是想妳啦！妳怎麼會那麼狠心，從來都不聯絡我，也不回來看我……

……

# 異國的旅程

下了船，陽光照耀著眼睛，白色的船隻、起伏的海水、吹到臉上的風、浮動的碼頭，每樣東西都在起伏著，包括他踏在地上的雙腳。感覺上並不像到達一個目的地，只是走離了所有熟悉的東西：船艙、研討會、家鄉、他的過去，甚至未來。

這次，他們被要求從不同的入口走進演講廳。天黑了，走道還留有燈光，與庭院溝通著沁涼的空氣。廳堂裡已經半滿。顯然，前來聽講的不僅是參與研討會的人。陌生的面孔佔據了前排所有的座位。從他們嚴謹的服飾可以看出，這些人對演講的期待遠超過其餘的聽眾。

他想起自己小時候在爸爸服務的單位看晚會。會場裡鬧哄哄一片。等到帽緣鑲有金飾的軍官走進來，談話聲逐漸降低，燈光也很快黯淡下來。有時候，一陣子沉寂過後，燈光會重新亮起。最後走進來的那位軍官站了起來，鑲金飾的軍帽已經擱在茶几上，旁邊還有個金屬座托著的茶杯。後頭的人還沒聽清楚那位主管在講些甚麼，一旁的軍官已經發出笑聲。後來，他隨著爸爸去那個長官家作客。這人並沒有他想像得那麼威嚴，在摸到壞牌的時候照樣會發出詛咒聲，牌局結束以後還會走過來摸摸他的頭。

他企圖從坐在前排的人士找出今天的演講者。他雖然在西方國家待過一段時日，卻往往只能從服飾來猜測人們的身份。其實這不是一件容易的工作，還會被一位經常起身的女士干擾。起先，他誤以爲她就是今晚的演講者。他重新檢查了程序單，確定演講者是個男性，擁有的也不是那種兩性通用的名字。他用不解的眼神看著那位女性。她不停地穿梭在座位之間，不時低下身來與人交談。這似乎違反了他所熟悉的西方禮儀。通常在這樣的場合裡，即使是熟識的人也表現出相應的肅靜，有時會讓他懷疑，也許自己並不是他們最親密的伙伴，也許從來就不是。

掌聲響起以後，他才察覺自己發了一陣子呆，沒注意到演講者已經站在台上。那位曾經搶奪他注意的女士現在也站在台上，而且站在最醒目的位置。從她配合著演講者的動作，他明白這是一位使用手語的解說員。他改用具有好感的眼光審視她。這必然是一位年輕時就飽出鋒頭的女子，雖然有了些許年紀，可能還生過孩子，卻懂得用服裝來彰顯比例依然正確的身軀。然而他必須把注意力轉移到演講內容。這倒不是一件困難的工作。大師級的演講者不必像一般人那樣急著把艱深的想法灌輸給聽眾。何況聽眾只是慕名而來，並不要求在一場主題演說裡瞭解你在講些甚麼。他很快就發現自己大多數的時間裡只在注視前座女性的頭髮。現在他明白爲什麼金髮女性會那麼受人矚目，原來那自然捲曲的髮型在黯淡的燈光下會展現溫暖的顏色。

他開始計算自己會在哪天離去。這件工作並不如想像的那麼容易。行事曆不在身上，他能倚靠的只是不怎麼牢靠的記憶。他不確定自己在這裡待了幾天。現在回想起來，第一天過得還好，整日都有溫暖的陽光。其後的日子裡，他開始習慣在低溫的早晨出外尋找熱食。他也順利完成演講，結交到一兩位朋友。可聽取的演說並不如期待的那麼多。今天下午，他聽取了一場引不起聽眾熱情的演講。他正打算離開現場，一個姍姍來遲的女孩喚起他的注意。他幾乎不費力氣就可以判斷，這是一個來自美國的女孩。世界上大概只有她們會把遲到視爲自己的權力。他斜眼瞥過女孩的紅色套裝和修剪整齊的短髮，猜測她是那種來自高科技公司的年輕女性。他可以想像，如果在海濱碰到這個女孩，會看到她換穿那種顯示自己是衝浪好手的服裝。

演講者已經把他抛到數里之外。對於那個揮舞著雙臂的女士，他也失去了興趣。他開始好奇穿套裝的女孩是否也坐在人群裡。自從在美國擔任助教以來，他見過不少這樣的女孩。她們可能背著網球拍，可能穿著短裙，卻永遠重視自己給別人的印象，且不欲爲人查覺。他覺得自己瞭解她們，說不定她們也視他爲知己。

然而他在會場上沒有找到她。即使在散場的人群裡，他也沒有看到她。她大概沒有出現在會場。重點是，一場他原來寄予厚望的演講已經結束了。他開始覺得，也許自己不應該跑到雪梨來，不應該來參與這個研討會。

■

遊覽車穿梭在海岸與別墅之間。蜿蜒的柏油路長得讓他吃驚，蔚藍的海水總保持在距離之內。九重葛正開著整簇的花朵，跟此時（七月）是南半球的冬季一樣，讓他覺得不可思議。在美國，他也曾駕車經過類似的區域。就像這裡一樣，你幾乎看不到人的蹤影，只有美麗與多樣的植物盤據在房舍四周。陽光與雨水似乎永遠照顧著它們，就像財富與機運永遠照顧著它們的主人。

開始受到植物吸引的時候，他還是個低年級的國小學生。他每天從它們身邊走過，植物的主人總會在更早的時候把地面澆濕。有水分接觸的土地呈現濕潤的深褐色，沒有水分沾染的土地則保留乾燥的淺黃色。他隔著稀疏的籬笆看著吃飽水分的葉子與躊躇滿志的花苞。他從來沒有看過植物主人，也從來沒有找到一株足夠接近的枝頭，得以採下那一粒粒黑色的種籽。隨著時日的延展，他瞭解到住在房舍裡的都是廠裡的工人。什麼樣的工人對花草會有如此的熱愛？這是他無法想像的。那棟倉庫改建的房舍後來拆了，花圃當然也跟著拆了。那段時日裡，他曾經好奇，植物的主人在想著甚麼？

後來他在班上成績最好的女同學家也看到滿院的植物。他注視著那些生平不曾見過的花卉。那早有寒流入侵，女同學的媽媽叫他進屋子裡避寒。從廚房進去，女主人對他說，這樣他可以不必脫去鞋子。在客廳的入口，他看著從天花板高度垂下的帷幔，看著好多種只從形狀無法判斷其功能的家具。那天黃昏回家，他突然體會到自己走進別人家其實是自取其辱。一種難過的感覺襲上心頭。那是他第一次沒有跟媽媽說他去了同學家，沒有跟媽媽一五一十報告他所看到的情況。

那家人後來移民到美國去了。幾年以後，他們也搬到台北去住。似乎每個家庭都設法離開鄉下，甚至離開那個海島。他們離去，偶而又回來，看看沒有離去的親友，在後者的臉上出現疑慮以前，訴說他們還想念那個地方，想念那地方的一切。他離開台灣以後又回到那個海島，不是回去作客，而是定居下來。

現在他再度出國，純粹是來作客。蔚藍的天空帶給他身處異國的感覺。並非在任何國外的時候，他都有這樣的感覺。剛去美國的時候，憂慮總是纏繞著他。他憂慮自己的生活無以爲繼，無法順利拿到學位。就像沒有進入大學以前，他也同樣憂慮自己的前景。他記得自己騎車經過那所全國第一學府，看著矮牆後突然變得碩大的空間，古典式樣的建築，以及鬱鬱蔥蔥的樹木。大學生悠閒自得地走在校園裡，好似這一切都是他們自己賺來的，可以不必理會牆外嫉妒的眼神。他想到自己以後會再度經過這裡，依然以陌生人的眼光看著矮牆裡的一切，心裡突然感到難過起來。

他考進那所學校以後，這樣的感覺很快便消失了。只有一個黃昏，上完體育課，他跟著同學出去吃一碗沙茶牛肉麵。重新步入校園以前，他們穿過一個短橋。他看著橘紅色的雲朵飄在遠空，突然疑問自己的未來在哪裡，會在某個異國的土地嗎？異國的土地，多麼奇怪的名詞，你只能靠天上的雲朵以及偶而飄到耳邊的音樂來想像它的存在。另一種可能卻闖入他的心中。多年以後，他可能站在同樣的地方，看著同樣的雲朵。這樣想著，他便感到難過起來。

現在他坐在遊覽車裡，純粹出來作客。如果身邊沒有那位女士，情況可能更好。她是後來上車的乘客，選擇與他同座，純粹因爲他身邊還留有一個空位。她沒有詢問這位置是否預留給別人，便坐了下來，也許把他的點頭招呼當成答案。女士入座以後，他向她介紹了自己，同時詢問她從哪裡來。澳洲的某個大學，這是他勉強聽得懂的部份。其後則是尷尬的沉默。她可能爲自己的英語被暗自與其他國家的英語相比而惱怒，他則因爲沒能夠繼續與她談話而感到沮喪。

今天早上，他決定留在自己住宿的地方進食。一位日本小姐在他走近的時候跟他打了招呼。她可能誤以爲他曾經在那裡出現，或者僅僅因爲他的胸前別著大會的名牌便展現善意。他們聊了一陣子，關於七月是這裡的冬季，以及對雪梨美好印象的話題。他自認擁有對陌生人保持好奇的嬰兒天性，也經常從心智永遠年幼的狗兒得到善意的回報。秉持著同樣的天性，他在壁報區跟一位來自日本的研究生交談。對方雖然不熟諳英語，卻可以靠著翻譯者跟他侃侃而談。那位研究生做的題目是：模仿有益於創造。他回應說，他也有同感。畢卡索不就性喜模仿嗎，還在同學間贏得了「豬」的封號。

遊覽車變得遲緩，並且在眾人的目光中徐徐駛下斜坡。海景變得寬闊，人影變得穩定。著制服的人站在停車場入口聊天。身旁的柵欄自行升起又降下，像是沒有大人看管的小孩所做的任意行爲。車裡的人直起了身體。他知道不久就要下車，卻寧願永遠待在車裡。現在他最大的煩惱是如何佯裝不認識他的鄰座而繼續其後的旅程。

他們站在碼頭上等了好一陣子。碼頭伸入海水中間，兩旁有護欄圍繞著。起先，他以爲他們在等待遊艇的到來。不久，有人去詢問擔任領隊的工作人員。「也可以這麼說。」年輕的領隊耐著性子跟大家解釋。「遊艇還有一會兒才到。同時間，載我們來的巴士正回去接第二批人。」簡單而漂亮的解釋！他並不在意繼續倚著欄杆等待。他看著腳下的海水，清澈得讓人能夠看到一兩呎深的地方，卻看不到任何魚群。陽光灑在有長袖覆蓋的皮膚，帶給他一種舒適的感覺。

他想起某個春天的午後，自己也坐在陽光下，享受著溫暖的空氣。那是小學四年級的某個下午，老師叫他們待在教室裡自修。他還記得那同學的長相，卻記不得他的名字，只知道中間有個「瓊」字。王瓊安！這麼想著的時候，那名字突然跳脫出來。王瓊安慫恿他到學校後的古堡去玩。王瓊安說，他們可以帶著書本去。這樣即使被抓到，他們可以說是爲了讀書去的。

他還記得那溫暖的微風吹到臉上的感覺，不是從皮膚而是從鼻子所得到的感覺。那是他第一次像外地人一樣坐在古堡上，看著自己的學校。他想著，總有一天，他會長大，離開這裡。後來他果然離開了鄉下，幾年以後又回去那裡，看到的卻不是以前所看到的樣子。他們借用學校的教室開同學會。他從來沒有在那裡待得那麼晚，晚到足以看到四周的空氣黯淡了下來。也許只有校工才會待得這麼晚，而且趁著學生都不在，盡情在那兒敲敲打打。啊，校工，雖然這人的模樣會偶而浮現在他的腦海，他可從來沒有興起去看他的念頭。或許他根本用不著這麼做，因爲那形象已經長留在他的記憶裡。

等得過久，碼頭上的人開始結群談起話來。年輕的女孩展現出她們熱愛討論的態度。一個女孩期望看到游動的魚群，另一個女孩就去腳邊的水裡尋找。還有個女孩帶著感激的口吻述說她如何被老師鼓勵來這裡發表論文。另一位女孩便開始描述鮑伯對待她們的方式，假定大家都知道鮑伯是誰。所有聽眾裡大概只有他能夠看到鮑伯的形象。他想像的其實是自己過去所認識的一位同事。鮑伯有一頭紅髮與肥胖的身材，臉孔因爲微急的步伐而呈現紅潤的膚色。女同事看到鮑伯，總會熱心地指出會議室唯一剩下的空位。他跟鮑伯並不熟，只出去吃過一次中飯，去一家他全然看不上眼的中國餐廳。事後他抱怨那家的菜難吃。鮑伯加快了腳步趕上他，並且表明自己並不覺得食物有那麼難吃。才五塊錢嘛，鮑伯說，而且炒飯裡還加了好多醬油。

第二批的人也到了，正緩緩向他們走來。待在碼頭上的人則把注意力轉向駛近岸邊的遊艇。這是一艘幅度不小的白色遊艇，也是他們將登入的船隻，起碼他已經不允許其他可能的存在。

海風吹著他的臉孔。他的眼前出現一個畫面，一個印製在旅遊海報上的畫面。年輕的時候，他經常在航空公司的櫥窗上看到這類的海報，尤其是在星期天的晚上，離開大街的最後一刻。這幅畫面是那麼地單純，大部份是橘紅的色彩，暗示那是一個黃昏的海灘。近景有一兩株椰子樹，因爲失去陽光的眷顧，呈現出完全幽黑的色調。他記得自己曾經站在街邊，全神貫注地看著這個畫面，不明白自己爲什麼會受到它的吸引。那是他高中的時代，還不確定自己的未來在哪裡。

他和一個華人交談了一會兒。從這人樂於使用英語的習慣，他知道對方來自不同的國度。邁可是他的名字，新加坡是他出生的地方，現在全家住在雪梨。「兩個城市我都有幸去過。」他回應說：「雪梨是第一次來，發現跟新加坡一樣美麗。」邁可沒有否定他的說法，或者一時找不出兩人都能理解的謙遜姿態。

著白色服裝的侍應生再度經過他們身邊，這次盤子裡放的是紅酒。他伸手握住其中的一支杯子，覺得自己的頭在上仰時已經有點兒暈眩。他繼續與邁可談了一陣子話。「不，我已經離婚了。」這樣的話竟然出自他的口裡。跟陌生人談到這件事並不如想像的那麼困難。彷佛要顯示這世界的重量並不全在他那邊，邁可開始強調自己是個幸福家庭的成員，同樣的論調還重複了一兩遍。

另一個華人面孔出現在他們的面前。這人先用華語跟他講話，繼而用英語對邁可介紹自己。那是個不大好記的英文名字，從漢語拼音直接轉爲英語發音。他姑且把它記爲英倫。沒有剩餘的座位，他站了起來。邁可接著也站了起來。留下的空位很快被別人搶走。趁著空隙，他趕緊回想英倫剛才說了什麼。彷彿是年紀比較大才去美國，現在在紐約州的某個大學教書。

英倫跟邁可在繼續談話，他偷空瀏覽已變爲灰暗的海岸，想起自己曾經站在環繞曼哈頓的遊艇上，面向摩天大樓，看著上面一格格已點亮的燈光。他的表哥則背對它們。他問表哥是否要下艙買點兒什麼東西塡肚。身材瘦削的表哥婉拒了他。表哥還想談自己下放的經驗。那一段日子，表哥說，他從來不敢想自己的前景。將近三十五，他才離開中國，去哈利法克斯①的研究所拿了學位，並且逗留在同個實驗室工作，正設法把家人接出來。他婉勸表哥，好不容易出來玩一趟，應該即時享受一下，看看風景，吃點兒東西。其實他自己也沒有太大遊興。太陽落下了，他該回去看早上還在發燒的女兒。

遊艇正在做大幅度旋轉，激出了白色的浪花，也激出甲板上的歡呼聲。要不要進艙裡看看？他突然改用華語對英倫說，好像那是他們兩人才配享有的權利。話才出口，他感覺到自己以前也說過類似的話。只是模糊的腦子已分不清，是他在重複歷史，還是歷史在重複自己。英倫也說，他想到處走走。轉身時，他才發覺邁可不想跟隨他們下去。

在船上走動，船身總會在腳下或手邊不遠的地方。走進船艙裡，他看到船仍然在打轉。那座聞名的雪梨大橋，一會兒在船首，一會兒跑到頭頂，最後又溜到船尾。天色在窗外變得更加黯淡，好在這時他已站在燈光裡。

英倫碰到他之前結識的人，是兩位從中國來的先生。一位比他們年長而健談，另一位年輕而寡言，顯然是前者的學生。老教授訪問過台灣，恰巧也認識他所熟識的人。大陸出來的人對這類的巧合總表現出異乎尋常的激動。他和英倫隨著兩人站立在燈光不足的地方，遠處則是黯淡的海面。他看著老教授單薄的風衣，裡頭露出比常人多出一兩層的衣服，有似曾相識的感覺。

有人在他們身後宣布，晚餐已準備好，大家可以就位。人群開始在他們身後移動。他建議他們也向船艙移動。身邊有同行的人，仍然進行著談話，他感到恍如被重物拖著，步行十分緩慢。好在他很快就看到了目標。

坐下來以前，他已經明白自己爲什麼會毫不猶豫便選擇了這張桌子，不是因爲桌對面坐著一位華人女性，看到他們的時候臉上還留著微笑，而是她身邊的那位美國女孩，他昨晚所尋找的那個女孩，今晚如他所料，換穿了一套適合晚宴的服裝。兩位女士似乎彼此認識。因此，基於跟她們對等的距離，幾何的以及社交的，他把自己同時介紹給兩位。現在他明白，今晚他注定要結識的人，都坐在第二班巴士裡。他很慶幸自己沒有坐上那班巴士，否則他可能佯裝對這女孩不感興趣，而失去了坐在她面前的勇氣。現在他很滿意這個旅程的安排，雖然不知道要去感謝誰。

■

下了船，只有英倫還走在他的身邊。他以為他們終將與其他的人會合。他以為只要順著路走，大家自然會在某個地方聚合。離開遊艇以後，他明白事情沒有如想像的那樣進行。碼頭上的人太多。到了廣場以後，人群突然往不同的方向散去。等到他察覺到問題，身邊只剩下英倫一個人。英倫在繼續自己所開創的話題。英倫說，他有個特殊的家庭背景，這是為什麼年紀不小了，依然願意到國外求學，繼而在美國謀得教職。

他的心卻放在走散了的人群，或者，在人群還沒有散去以前的餐桌上。

她的名字是薇琪，家在北卡羅萊納。

「北卡羅萊納的哪裡？」他插上了嘴：「我在那裡住過兩年。」

你不會知道的，薇琪微笑著回答。

「試試看嘛！在那兩年裡，我幾乎跑遍了所有的地方。」

薇琪說出了地名。他沒有聽過。

「靠近哪個城市？」他不肯放棄：「只要告訴我靠近哪個城市就好。」

「我說過，你不會知道那個地方。」

「靠近山區，對不對？」

薇琪點了點頭。

「藍脊山脈②嗎？」

薇琪又點了點頭。

「跟妳講，我什麼地方都去過。」

那位華人女士遞出自己的名片給大家。她的名字是凱瑟琳，在北卡羅萊納教書，才跟薇琪認識不久。

那麼妳在哪裡工作呢？他還想問薇琪，他在等待機會提出問題。凱瑟琳開始向大家介紹自己。她的聲音不夠清晰，無法阻撓他去想自己的事。

那是他在美國的第一年，剛買下一輛舊車，也是他第一次開車遠行。車上載著都是新來美國的人，目的地是藍脊山脈。

「妳認識于海嗎？」他突然打斷凱瑟琳的話。這是不禮貌的行爲，他曉得。他只期望這樣可以打斷她組織綿密的談話，起碼可以引導她往其他的話題行進。

凱瑟琳楞了一會兒說，她不認識。

「于海就住在妳那兒。」他補充。

「喔，在我那兒——」

凱瑟琳只重複了他的話，便重拾原先的話題。他卻無心聆聽。

他還記得，那天到達Ashville的時候，陰霾的天色讓黃昏及早到來。他們沿著下坡路駛入小城。首先出現的是山谷下那一排汽車旅館，在陰濕的空氣裡發出了溫暖的亮光。他們沒有錢住進這類的旅社，必須繼續前行。駛入平緩的公路以後，他們被車潮阻住。已經有好幾個小時，他們沒有駛經任何出現車潮的地方。其後，他們沿著上昇的坡地盤旋。找路花去他們一段時間。抵達目的地的時候，天色正急速轉黑。走下車子，他開始感到山區的寒涼。一位華人朋友已經站在門口招呼他們。在潮濕的空氣裡，他聞到某種針葉植物的味道。

「妳的家接近藍脊山花園公路③嗎？」趁著談話的空隙，他插嘴問薇琪。

「藍脊山花園公路，是的！」薇琪的臉上再度展現笑容。

他在她的額頭上看到一兩條不顯著的紋路，有如泥地上被春雨洗過的車痕。他在其他美國女孩的臉上也看過類似的額紋。

「那麼，我猜妳住在Ashville附近。」他說。

「不在那一帶。」薇琪說，繼而講出另一個地名。那會是甚麼地方？他一點概念都沒有。他必須承認，自己對那區域根本不熟悉。

凱瑟琳又搶走薇琪的注意。他已經打定主意，根本不去聽前者的講話。他寧願去想自己的那段旅程……

第二天，他們整天都在山裡。隨車帶著的地圖已失去作用。他們猜測不出自己身在哪裡，也不爲這個問題煩心。楓紅秋黃，這一片美麗的景色，你沒有到達以前，景物是否存在？現在他會毫不猶豫地說，它們當然不存在。過去，他深爲這類哲學問題所苦的時候，美麗的風景根本不在他的腦子裡。

他還記得他們最後停留的地方。他們把車駛入一個公園。從那裡可以眺望更多更遠的山，以及橫跨其間的谷地。「我們必須儘早下山。」同行的人警告：「否則今晚會趕不及回家。」「怕甚麼呢？」另一個人說：「大不了睡在車子裡。」「別開玩笑了，你會凍死在車裡！」他赤裸的手在冷空氣中感到刺痛。有人開始跑步，他也跟著跑。他們跑入一個沒有門板的房間，裡面有一個壁爐。已經有人把劈好的木材丟進壁爐裡。他把雙手直立張開，對準熊熊的火焰。他還聞到烤栗子的香味。那大約是下午兩點多的時光。在他的回憶裡，天色卻陰暗得像黃昏即將來臨。

他和英倫已經在廣場上足足繞了一整圈。英倫仍然在談論自己的背景。他的父親是韓國語文的教授，抗戰期間曾經接待投奔中國的朝鮮官員，這是爲什麼他去南朝鮮訪問時受到紅地毯的迎接。這就是英倫的特殊家庭背景。華人在異地遇見留有相同血液的同胞往往會變得健談。他們好像突然警悟到，自己的履歷表還有一大段等待塡寫。英倫如此，凱瑟琳也如此。所有的華人裡，只有他對薇琪感到好奇。爲了禮貌，薇琪並不急著向大家交代自己的背景。有一陣子，他在惱怒自己沒有隨身攜帶那本囊括了五十州的地圖集。那本集子，因爲使用頻繁，已經有好幾頁脫落。他在離開美國前把它棄置在廢物堆裡。

英倫同意跟他叫部計程車回住宿的地方。坐進車裡，英倫靜了下來。公路的路牌上出現Wooloomooloo的地名，他忽然明白自己在哪裡看過像薇琪這樣的女孩。那是在他擔任助教的班上，一個女學生長得像薇琪一樣，蒼白的臉上長著細小的雀斑。他很奇怪自己怎麼沒有在餐桌上想起這件事。否則，他會詢問薇琪是否在他待過的學校就讀。這個可能根本微乎其微，他仍然渴望知道答案。他甚至想向英倫提出這個問題，雖然這麼做根本無補於事，只會鼓勵對方重新打開話匣子。

■

起床的時候，外面仍然下著雨。壞天氣終於來了，畢竟這是南半球的冬季。他必須在房間裡待個一陣子，立即感到房子變小了。他住在國外很多年，卻想不起自己在雨天裡做過什麼事。如果他還住在那兒，現在最想做的也許是去超級市場買菜。那裡雖然不一定有很多顧客，卻有明亮的燈光，隨時在播放的音樂，無窮盡的食物選擇，偶而還有人透過麥克風發出千篇一律的話聲。那是他在美國的回憶，可能也是雨天裡唯一的回憶。

他把行李箱打開來，開始把穿過的內衣褲折疊好，放進箱裡。蹲在地上做這樣的事實在太累，應該把行李箱放在床上才對。嗯，這樣就方便得多。好偉大的發明！他曾經看過媽媽這麼做，卻沒想到可以如法炮製。媽媽那樣做，多半是爲爸爸整理出差的行李。一兩星期以後，爸爸會帶著他沒吃過的零嘴回來。接著的好幾天，他想到還有零嘴留在書桌上，就會感到一陣子高興。他跟隨爸媽搬到北部以後，才明白這些東西多半是在火車站買來的。爸爸並沒有隱藏這個秘密，還主動告訴他，那些東西可以在哪裡買到。後來，有很長一段日子，爸爸不再出差，因爲出差就是去台北，而他們已經住在那裡，直到他自己出了國。出國的行李也是媽媽幫忙整理的，一個禮拜以前就開始整理了。他甚至不願意站在一旁觀看。他嫌媽媽囉唆。而且，他也無權決定放什麼東西進去。到了美國以後，整理行李就成了他自己的事。這麼容易又無聊的事，他從來不想假手他人，也從來沒有想過，應該事先把箱子放在床上。

拉上箱子拉鍊，他突然想起了薇琪來。事實上，他想起的是自己擔任助教時所認識的那個女孩。他曾經在學校對面的超級市場看過她。那也是一個陰暗的早晨。在那樣的時間裡，他不應該出現在超級市場，卻沒來由地想進去看一看。他看到那個女孩也在裡面，穿著白色的上衣與短裙，身後背著一個套封好的網球拍，正在爲自己尋找飲料或這類的東西。他沒有跟她打招呼。他靠助教的薪水過活，她可不必這麼做。

他沒有吃早飯，就跑進電腦室去閱讀電子郵件，發現具有這想法的不只他一人。郵件處理好以後，他發覺薇琪坐在兩排座位的後面。這女孩，總會不期然出現，卻沒有注意到他坐在同個房間裡。這樣也好，他不必跟她做短暫而無謂的寒暄。然而，他的手未經自己同意便揚了起來。薇琪仍然沒有轉頭，臉上卻出現微笑。那微笑比昨天還自然、還快樂，只是他不能確定那是針對他而發的。

整個上午，他仍然坐在演講廳裡，心思卻留在電腦室。她是怎麼走過來的？他站了起來嗎？還是如往常一樣，懶散地坐在椅子上？他應該是站著的。他還記得，有個短暫時刻，他把目光放在她的額紋上，又自覺地把它移開。「研討會即將結束了。」薇琪說。「是呀。」他回應。「凱瑟琳約我一起去登山。」薇琪又說。「眞的？我可以加入嗎？」他立即問，好像出自一種義務，問完就後悔。然而，有甚麼不可呢？他請求的對象是凱瑟琳。他只是在央求薇琪轉達這個請求。

他開始為這時還在演講的人感到難過。這種感覺他以前似乎也有。那是他就讀高中的時候。星期六的上午，如果天氣非常好，被太陽曬暖了的空氣會從開敞的窗子滲進教室裡。有些同學溜掉了。留在教室裡的人，個個無精打采，有些人還把臉孔埋進豎起的書本裡。他不想聽老師講課，這麼做只會讓他感到難過。「氣候是大地變化的平均狀況，天氣是大地變化的短暫現象。」他還記得地理老師用慢條斯理的聲音唸出這些字句，甚至感覺到剛被太陽曬暖了的空氣流進房間裡。

他開始覺得，自己坐在這裡，只是在等待時間的到來。凱瑟琳跟薇琪其實約定在明天登山，而那時他已經在回家的途中。他懊悔自己把行程訂得那麼死，卻僥倖地問：「妳們今天不去任何地方嗎？研討會到中午就結束了。」薇琪頓了一下，也許在尋找理由回絕他。然而他聽到她說：「我們可以一起去曼立海灘④。」他不知道那是什麼地方，也不知道「我們」指的是三個人還是兩個人，便立即回答：「好哇。」時間約好以後，他才明白只有他們兩個人去。「我跟凱瑟琳約的是明天。」薇琪重申她剛才講的話。

他必須承認，自己坐在這裡根本是在等待時間的到來。他對演講者已經感到不耐，他們拙劣的演講技巧把時間拖慢了。

■

在巴士上，薇琪專心研究地圖，沒有時間跟他講話。他獨自看著窗外，發覺他們所乘坐的巴士在重複他昨天所行經的路線。一棵碩大的樹，可能在白人出現以前便生長在那裡，現在站立在圓環的正中央，就像昨天一樣。薇琪沒有發現它，她留意的是車外的街名是否與地圖吻合。在前往曼立海灘以前，他答應陪她遷移到一家花費較低的旅館。這是她在網路上搜尋的結果，也是他會在電腦室碰到她的原因。

他們下了車，往回走了一小段路。到了路口，風吹了過來。那棵長得像炸彈開花的大樹就站在附近。他指著它對薇琪說，我們昨天也來過這裡。薇琪轉頭看了一眼。嗯，我們似乎來過。她的注意力顯然在旅館。附近卻不像有這樣的東西，而且連個可詢問的人都沒有。他很高興自己在身邊陪伴她，又擔心其實是個累贅。

這是個沒有陽光的上午。太陽或許會出來，現在還舉棋不定。他記得在一個冬天的上午，曾經跟隨父親去理髮。找理髮廳花去他們一段時間。爸爸不記得那家店在哪裡，甚至不確定它還開著。他們來來回回走了好幾趟。每走到同一個轉角，涼風便重新襲向他的臉。後來爸爸總算找著了，就在他們一再經過的路上，不明白先前爲甚麼就是看不到它。

薇琪找到那個旅館，原來它只是個平常式樣的住家，招牌面對著馬路。進入大門以前，他們必須循階梯走上一個陽台。進門後有個長廊，他跟薇琪說，他在那裡等她。薇琪沒有轉身便說好。

他站在一張留言版前面，看著張貼在上面的紙條。只有一張剪報引起他的好奇，標題上夾著Wooloomooloo的字樣。那是一則新聞報導，旁邊有一張照片。報導上說，站在照片裡的人企圖搶救不會游泳的同伴，結果反遭滅頂。文章剩餘的部份在述說這年輕人是個義勇消防隊員，受鄰里喜歡的孩子。為了等待薇琪，他把文章讀了好幾遍，還不斷去看那張照片。那是年輕人站在海灘上拍攝的，好像預知自己會有這樣的遭遇。他反覆讀著報導，卻無法讀出自己的感覺來。這讓他想起自己在美國的第一年，聽到助教同事們談論一樁車禍。全車人都死了，他們說。原來是一個才拿到駕照的年輕人，載了滿車的同學參加派對，卻在安靜的路上迎面撞上另一部車。他仔細聽了故事，卻沒有生出任何感覺來。那個年代，他像是一個忘了攜帶靈魂的人，對事情雖然不乏興趣，卻無法生出感覺來。同事們倒很友善，那些操著南方口音的北卡羅萊納人，總會講述很多事情給他聽。為什麼薇琪沒有這種明顯的口音？

薇琪可能還要花一段時間來解開行囊。他想借用洗手間，詢問一位中年女性在哪裡。對方顯然是這裡的女主人，很仔細地為他指明了方向。他重新走回長廊時，看到女主人站在廊道中間，微笑裡似乎多了一點什麼意味。「我想那位女孩正在尋找你。」她說：「她已經走到外面去了。」同時側過身來把走道讓給他。他道了謝。走出旅館大門，看到薇琪正好回轉身來，臉上掛著笑容，好像這兩位女性事先已經串通好。

■

他們選擇坐在船艙裡。從那裡看到的海水灰暗而溫暖。遊客不多，一排排的長板凳仍然留有許多空位。新到的乘客可以自行挑選位置坐下。有一個金髮男孩安靜地坐在母親身旁。

只有交談時，男孩的母親才偏斜著頭，把側臉敞露在後排人的視線裡。這樣的場景讓他想像著，即使他們待在自己的家裡，總會有一人起身，坐到另一人旁邊，兩人才開始輕聲細語。這可能是爲什麼他們的宅院從外表看起來總那麼安靜、那麼不具變化，好像根本沒有人住在裡面。

另一個家庭顯然不住在這樣的豪宅裡。他們散坐在兩排椅子上。分離而坐的親人帶給小弟弟更多的活動空間。他先坐在窗邊、母親的身旁，接著又跑到兩位姊姊那裡去坐。過了一會兒，男孩又回到窗邊座位。兩個女孩暫時解脫看管弟弟的責任，開始在座椅間玩起躲迷藏來。隔了一會兒，她們坐回椅子上。年輕的姊姊企圖呼喚弟弟回來。她伸出雙手，對弟弟說，我會給你一個擁吻。這慷慨的許諾反而讓男孩遲遲沒有行動。

妳要付一毛錢，他模擬小弟弟的身分說。薇琪沒有把視線移向他，也沒有移向那家人。她只是瞇著眼睛笑，好像沉浸在小姊姊的幸福裡。

船移動了。外面的景物沒有因爲移動而甩掉圍繞在身邊的迷霧。薇琪問他願不願意去艙外看看。他說好。外面的風大，那裡也有座位。有個爸爸帶著兩個孩子。年幼的女孩把頭埋在斗篷與爸爸的大腿上。他和薇琪忍受了一陣子冷風，讓他想起藍脊山脈來，渴望船艙裡有個壁爐。他問薇琪是否要回去坐。薇琪也同意。回到艙裡，好像那裡眞的生了火，皮膚頓時感到溫暖。他們坐回原來的位置。奇怪的是，他們離去時，那家人並沒有想到聚合在一起。

薇琪告訴他，她有一個弟弟，兩個妹妹。他認眞在聽，進入腦海裡的卻是他童年的隔壁人家。那家有五個女孩，最後才生出一個兒子。他常常去那兒玩躲迷藏，把自己藏身在從不摺疊的棉被裡，嗅著人體留下的氣味，聽著榻榻米上的腳步聲。有一陣子，他還在煩惱，在兩個孿生姊妹裡，他到底要娶哪個爲妻。接著，薇琪述說她弟弟妹妹的發展。這些話他可聽了就忘，只知道大家都分離了，在不同的地方就業，儘管在薇琪的語氣裡，他們好像仍然住在一起。薇琪又提到一個女孩的名字。花了好些功夫，他才聽出來，原來那是她的室友。這人的名字是艾琳，也許昨晚薇琪就提過，假定聽者已經將那個名字印在心坎裡，就像她自己一樣。

船速變慢了，他們的目的地已經十分顯目。薇琪仍然在談艾琳的事，他則看著她相互握著的手，忽然想到那是一雙女性的手，可曾被某個男人的手握過？想到這，他隨即感到自己無聊，卻無法阻止刺痛的感覺劃過內心。

■

下了船，陽光照耀著眼睛，白色的船隻、起伏的海水、吹到臉上的風、浮動的碼頭，每樣東西都在起伏著，包括他踏在地上的雙腳。感覺上並不像到達一個目的地，只是走離了所有熟悉的東西：船艙、研討會、家鄉、他的過去，甚至未來。

他們坐在海灘邊，雙手捧著食物，雙腳懸置在矮牆上。那座矮牆從他們坐著的地方向兩邊延伸，像刻意張開的雙手，企圖環抱眼前的大海。他們視線的兩端各有一個海岬，像伸出在圍籬外的爬藤，上面佈滿了樹木與房子，有如點綴在藤枝上的樹葉與花朵。

要不要吃中飯？薇琪說她不餓。這樣的女孩總會在無意間透露一些事。就像他助教班上的那個女孩，上課前已經把功課寫好，卻坐在第一排座位，看他如何在黑板上解習題。有時候，他在過程中犯了錯，她會在他轉身以前指出來。如果他故意停下來，問大家應該如何繼續，她倒不搶先提供答案。

他一定漏聽了她所說的話。海鷗太聒噪了，吵得他時常聽不清她在說什麼，直到他聽見薇琪說，她的終極目標是去太空中心做事。薇琪說，她現在在一家承包公司，處理的是太空中心的案子。邁阿密的太空中心嗎？他問。不，是克利夫蘭的太空中心。有一天她可能到休士頓去，那裡也有適合她的工作。在這之前，她會先試試克利夫蘭。

他沒有回應她。他想到的是另一個方向。這是一個山區出來的女孩，他想像著，在進入她家以前，會先看到一排郵筒站立在路邊。你要從路對面的泥土路把車開進去。路不再保持平直，樹林從兩邊向你襲來，直到你看到一個房子，門前有一片不長草的硬泥地，兩者都覆蓋在深黑色的樹蔭裡。

薇琪跟他說，她想下水走一走。他該跟著她，還是坐在原地守著她的鞋子？他有點兒手足無措。猶豫不決間，他看著薇琪逐漸走離，她的身影逐漸變小，與他相連的那條無形的線時常被遊走在海灘的行人切斷。這樣他不需要擔心自己沒有把目光放在她的身上，也不必擔心他的視線會一直黏在她失去長褲護衛的小腿。

異國的感覺從背景中蹦跳出來。年輕時，他不相信自己有一天能離開自己的家鄉。他收集月曆、海報、風景圖片，吸取上面的異國風味，即使是黃昏或夜晚所拍攝的影像。他注視著那些景物，企圖用感覺來彌補鏡頭所攫捉不住的味道。他也收集過一張澳洲風景圖片，一個平凡的海灘，比起其他的風景眞微不足道。然而，當他厭煩了壯麗的景色，會重新去看那張海灘照片。一群人背對鏡頭站著，海浪沖刷著他們的腳。攝影者到底想表現什麼？突起在那群人背後的懸崖，還是懸崖後面的更遠更亮的天空？或許什麼都不是，只是攝影者的心情特別好？

薇琪已經轉身走向岸邊。剛才他看到她把腳浸入海水裡。這時的海水必然很冷，她卻沒有做出畏縮的模樣。這個長期住在內陸的女孩很喜歡海水。他住得一直距離海水很近，卻始終畏懼它。

薇琪說，她想沿著海灘走走，問他是否願意同行。他說好，並且把手上的地圖攤開，建議朝他們原訂的目標走去。薇琪走在他前面。他無法不讓自己的視線偶而射向她沾著水的赤腳。他們走離人群。海灘上只剩下一排孤單的腳印，好像有人暫時棄置在那裡，走回頭路的時候再收回。他要薇琪注意一條蟲子在沙上留下長長的曲折的痕跡。薇琪說出那種動物的名字。他沒有聽過，也無法想像牠的樣子。薇琪沒有強迫推銷自己的知識。

可惜這裡看起來都跟美國一樣，薇琪突然抱怨說。他也有同感，而且很高興她願意跟他分享這種傲慢。

他們走近兩個海岬中的一個。依山而立的房子已經歷歷在目，一條公路沿著房子的外圍行走，然後轉到視線之後。奇怪，他對薇琪說，那裡就是看不出有個博物館，海岸的形狀也不像地圖上的模樣。薇琪把他手上的地圖拿去。她一面走，一面研究著，甚至把身子倒轉回來，臉上現出困惑的樣子。我覺得我們走錯了方向，薇琪指著地圖說，眼前的這個海岬應該在地圖下方，我們想去的那個則在上方。他把地圖拿了過來，重複薇琪做過的動作。他也看出來他們走錯了，而且距離目的地更遠。他笑了起來。薇琪也笑了起來，只是淺淺的，像剛才回應他模仿小弟弟所說的話。

他們回轉身子，這次取道岸邊公路，這樣可以走得快些，只是必須跟其他人共用走道。他們重新走到人群聚集的地方。他累了，並不忌諱告訴她。他們坐在板凳上休息了一陣子。「還要走下去嗎？」他問。薇琪看一下腕錶。她想去看看有什麼紀念品可買，問他是否願意同行。「要不然，」薇琪又說：「我們可以約好在碼頭見面。四點鐘有一班渡輪，我還記得。」他有一種受拒的感覺。雙胞胎的媽媽有時也會對他說：「你還不回去嗎？等會兒你媽媽找不到你，可要發脾氣了。」他還存著僥倖的心回答：「怎麼會？我家就在隔壁呀！」

他選擇自己走完剩餘的路。話才出口，便感到後悔。可是他沒有更好的選擇。在挑選紀念品的時候，薇琪腦子裡浮現的一定只是弟弟妹妹的影子，就像雙胞胎的媽媽叫他回去時，腦子裡浮現的是那房子裡沒有他的影像。

我們訂在四點半會面好了，薇琪說。

她走了，留下他一個人坐在那裡，猶豫著是否要走完既定的行程。他後悔自己搞錯了方向，浪費掉寶貴的時間。過了一陣子，他又想到，反正等一下還要跟這位聰明的女孩見面，又不禁覺得好笑。

■

走入碼頭以前有兩條過道，斜斜地插入簇集在同個屋頂下的商店。在那裡，他可以看到擺置在玻璃窗後的乳酪、大幅的漢堡餅照片、堆積如山的便宜藥品。他的鼻子聞著混合在空氣裡的氣味，也許並不來自任何商品，而是黏在建築材料上的灰塵。走道上的人群並不密集，卻足以阻擋行路的順暢。有人坐在圓桌後，手捧著啤酒杯，情不自禁大聲講著話。散佈在世界上的每一個過道都有這樣的人，火車站、巴士站、機場，甚至賭馬場。當事者總覺得自己同時在做兩件事：飲酒與等待。對他來說，這兩樁事只能擇一爲之。

他已經在通道上來回走了兩三回，確定不曾與薇琪擦身而過。他知道還有十分鐘的時間。外頭的天色已經黯淡下來，不知還有甚麼東西拖延了她。現在他站在這裡，沒甚麼景色可看。準備搭船的旅客正緩緩走來，把亮了燈的餐廳留在廣場的另一頭。剩餘的則是向兩邊延伸而去的住宅。這些房子並不負責此地的繁華，沒有點上配合的燈火。天色更沉了。是不是她存心待得這麼晚才走來，暗示她心裡的某種不快？或許她已經離開這個海島。原先她說四點鐘在這裡會面，又改口四點半。也許她趁著這個時段悄悄走了，乘坐前一班渡輪走的。

會不會她正坐在船上等他呢？下船的時候，他們從另一側上岸，沒有看到這裡有個驗票的關卡。因此，她以爲他會去船上找他，他卻以爲她會在收票口跟他會面。總之，時間已經十分急迫，他必須趕緊上船去。錯過這班船，他可要在這裡再待上一小時。

他把船票交給穿著藍色制服的驗票員。那人看了他一眼，似乎要確定最後一名乘客已經到來。他走進船艙。沒有看到人臉上帶著淺淺的微笑，也沒有人在他走近時把頭調轉過來。他在兩層的樓板來回走了一次，確定薇琪不在船上。事情很明顯：她走了，而且不想跟他說再見。這樣也好，起碼他沒有存心欺騙人。他隨意選了個位置坐下，希望船隻趕快移動，天色趕快暗下來。他已經失去繼續遊玩的興致，找回住宿的地方倒不成問題。讓他感到難過的是，有一種東西早已從他的身上消失，他竟然不曾察覺。

船隻仍然沒有移動。他可以想像船長還站在岸邊聊天。對這人來說，今天跟其他的日子不會有什麼不同，沒必要那麼死扣著時間。旅客也趁著這個空檔繼續走進來，像電影上映後才湧入的觀眾，絲毫不體恤早已坐在那兒的人。

船終於移動了，他卻看到熟悉的背影。老天爺，她怎麼還在這裡，一邊走，一邊還做出尋人的模樣。他有意耽擱一會兒，卻忍不住叫出她的名字。她轉過身來，臉上帶著淺淺的微笑。「啊！」她說，話語裡還帶著氣喘：「我不曉得四點半是開船時間，我還以爲——」然後在他的身邊坐下，把一個鼓鼓的購物袋放在腳邊，接著以三言兩語交代了事情的經過。他發覺自己竟然不需要開口。

■

他們回到圓形碼頭，空氣裡多了一層暗紫色彩。簇擁在廣場上拍照的人群把歡笑聲拋擲在四周的空氣裡。這是他第一次走到歌劇院身旁，感覺十分不適應，好像自己變小了，而歌劇院超出一個圖片所能容納的尺寸。此外，他注意到其中的一個尖形屋頂所覆蓋的不是劇場本身，而是附設的餐廳。這個發現有如聽到地球是圓的，讓他一時難以接受。他們走到可以眺望海灣的欄杆旁。那裡比較好，景物都回到熟悉的尺寸。長年拉著那座鐵橋的鋼環，有一排人在上頭緩慢地行走。薇琪堅持要從那個角度爲他拍一張照。她說，她可以把鋼環上的人也拍進去，雖然他們看起來如螞蟻那麼小。

天黑了。天黑之前，他們已走進一條長廊。薇琪打量了一家電影院正在播放的影片。她跟售票員說了幾句話，打聽出其中的一部電影是澳洲人拍的。重新走回長廊，天色全黑了。他想起小時週末的晚上，爸媽快步帶他走過電影街。他們要趕搭客運回鄉下，錯過了那班車可要足足再等一小時。

他們走過一條扶搖直上的水泥階梯。有人在上頭走動，那顯然是另一條街。從階梯的入口看，馬路好似穿過所有建築物的二樓。他呼喚薇琪看這個景觀。薇琪走近他，抬頭看了看，沒有發表任何意見。接著，薇琪滯步在一個大廳的外面。從玻璃外門，他們可以看到一個鋪了紅地毯的樓梯，有人穿了華服拾階而上。這裡的台階可以走向宴會廳，剛才的台階卻通往其他地方，讓他感覺自己在看一幅超現實的畫。

「要留在城裡吃晚飯嗎？」他問。薇琪說好。

天黑了，黑得很徹底。穿過馬路的時候，他們必須倚靠對面建築所施放的燈光。走上一條平直的大街，坡道使得他們的步伐變得吃力。植物在黑暗裡維持著複雜的曲線，路邊店家發出的燈光則在它們的葉片上勾勒出不完整的輪廓。他突然渴望自己的身邊有個所愛的人。如果情感可以侷限於一晚，他很樂意把薇琪當做自己的愛人。這樣的胡思亂想居然帶給了他一種快樂。

一個穿著類似和服的女孩走近了他們。只要一看她的臉蛋，他就知道那是個白人女孩，樣子逗趣得像扮演蝴蝶夫人的女人⑤。她從手提袋裡取出一個筷子做成的宣傳品，把它交給薇琪。「這是一家日本餐廳嗎？」他問。「不是傳統的日本餐廳。」女孩說：「食物卻一樣好吃。」他們向女孩問明了地點。餐廳就在他們行進的方向，他已經看到那發亮的名字橫放在大型的玻璃窗上。

服務員很快就出現在他們的桌邊。正如他所料，那也是一位白人女性。她交給他們一份全英文的菜單，上面的選擇十分單純，而且一目了然。服務員一面接受他們的點菜，一面把記號留在薇琪面前的紙墊上。星形代表沙拉，圓形代表湯麵……。他們改變了主意，服務員又槓掉某個圖形，添加另一個。他很快就跟不上服務員，只期望她自己曉得那些圖形的意義。最後，她在紙墊上加一個心形符號，似乎不對應他們所點的任何菜。他沒有問服務員。

菜很快上來了。吃下第一口，他開始對薇琪稱讚這家餐廳的服務。「他們表現得非常友善。」剛說完，他意識到自己使用了音似、意義卻完全相反的字。「Hospitable，不是hostile。」他更正自己。薇琪笑了起來，很開心地笑著，好像把他剛才在島上所犯的錯也一併笑了進去。他很高興她那麼肆無忌憚地笑。如果是其他的美國人，發現他犯了錯，常常會默不作聲，讓他獨自沉浸在尷尬裡。他說，他這一生犯過的錯還不只這些呢。有一次，他向旅館裡的商店購買eraser，那小姐楞了一會兒，反問他，是razor嗎？這話讓薇琪又笑了起來，好像他說了一個很棒的笑話。還有一次，他繼續說，他向餐廳的服務員要soy sauce。服務員皺了一下眉頭，回答他，他們沒有sausage，他才明白自己剛才說了甚麼。薇琪又笑了起來，彷彿他是個無往不利的脫口秀主持人。

服務員拿了帳單過來，把它放到薇琪的面前。薇琪從皮包掏出信用卡。這動作不知為何刺傷了他。「不，」他說：「我來付帳。」他把放置帳單的碟子搶了去。這釜底抽薪的手法，薇琪倒沒料到。服務員走過來取走了帳單和他的信用卡。薇琪說：「眞謝謝你。」他以點頭來回應。「應該由我來付的。」薇琪又說：「是我拖你出來的。」他不明白為什麼她要這麼講。難道被刺傷的感覺已經跑到她那兒去了？

沉默只延續一兩秒。他把話題轉到紙墊上的記號。薇琪開始研究起它們來。這兩個形狀相同的記號代表沙拉，薇琪說，這個代表我點的湯麵，這個代表你點的魚。她重複檢視一遍，確定那裡還多了個記號。「這只是一顆心，我認為。」薇琪低著頭這麼說。他很喜歡她唸的「心」，那聽起來像肉做的，不像他，會把它唸得像金屬做的。他沒有把話說出口。他只想到那穿著日式服裝的女孩，現在也許還在外面拉生意，覺得她的日子過得蠻辛苦的。

在外面的馬路上，他重新提起自己所犯的毛病，卻製造不出剛才的笑果。他們要分手了，兩人心裡一定都明白。

他們坐在沉靜的巴士上。如果他曾經表現得積極一點，便可以在車上做些更有意義的事。然而他只是任由薇琪稍帶緊張地望著窗外。她原來十分卓越的認路能力，現在好像突然消失了。最後，他看到他們一起上車的那個站。那時候，他卻沒想到，這將是他們分手的地方。他想向薇琪索取電話號碼，又想到已經有她的電子郵址，便告訴她，會寫信給她。薇琪說好，卻沒有轉身看他。有短暫的片刻，他在思索這是不是她告別的方式，卻想不出相似的場合。

薇琪下了車以後，輪到他開始恐慌。他突然明白自己還在異國，坐在路線不明的巴士上。這可能是爲什麼剛才薇琪表現得沒把握的樣子。而他竟然任由她獨自下了車！爲什麼他不陪她走回旅館，再從那裡叫部計程車？也許她還會留他在房間裡待上一會兒，答謝他護送她回去。現在，他帶著這個可笑的幻想坐在車子裡。車子又走了一陣子他完全不熟悉的路。他開始設想最壞的可能，把這個處境當成對自己的懲罰。他看到熟悉的景象，明白自己並沒有坐錯車子。巴士過了預期的地方才停下來。在下車的那一刻，他明白，這一天已經結束了。

■

雪梨的早晨仍然像過去幾天一樣寒涼。運動場的草坪上依然掛滿了露珠。每早在跑道上慢跑的那個人不見了，顯示他也是來參加研討會的賓客，現在已經在回家的路上。空曠的操場突然變得十分陌生，或者，像是Cinderella在宴會的次日早晨所看到的景象。

學校外的街道更涼。他跨過了馬路，那裡有一排商店。年輕的女店員已經在裡面擦拭玻璃，同時耐心地等待氣溫上升，顧客上門。他要回去了，回到夏季的家鄉去，那個他再熟悉不過的城市：擁塞的交通，悶熱的空氣，和黏滯的汗水。這些，對於現在的他，卻是一種慰藉。唯一的問題是，計程車久久不來。另外的方向倒駛過好幾部車，司機卻沒有調轉車頭過來。他感到抓著行李的手有些僵硬，決定把手輪流插進夾克口袋裡。一部空車終於出現在他的方向，停在他的面前。他把行李放進後車廂，並且確定沒有人在背後呼喚他的名字。

機場大廳的溫暖空氣倒是一種慰藉。辦完了手續，他站在食物攤前面。一個顯然在這裡長大的東方女孩用不耐煩的眼神叫他重複自己的要求。

坐了下來，他撕開了紙袋，將糖倒進咖啡裡。喝進第一口溫暖的咖啡時，遊艇上的景象出現在他的眼前。凱瑟琳和薇琪跟等距地坐著。接著，他看到他和薇琪所坐的渡輪行駛在灰暗的海灣裡，好像這是緊接著發生的事。然後，是那個紫色的黃昏，她們漫步在圓形碼頭附近。他還記得，薇琪特地走進一家電影院，向售票的男士打聽那幾部上映的電影。這顯示她是一個重視生活品質的人，充滿了藝術的愛好與品味。那時他卻沒想到這一點，只覺得售票的男士對他造成了威脅。

有一位老先生從他身旁站起來。他注意到那桌還坐了好多人：一個老太太，一對年輕夫婦，還有兩個可愛的小孩。這在中產階級的白人裡倒是少見的現象。就像薇琪一樣，他突然想，在白人裡也是少見的女孩。他其實是喜歡她的，卻一直不願意明白地表達自己的感覺。

老先生走離桌邊，爲整桌親人拍照。他不斷地後退，好讓所有人都進入畫面。快接近他的時候，老先生說了一聲「對不起。」他連忙說：「沒問題。」閃光燈亮了，大家也高興地笑了，好像完成一樁大事。老先生又走過他的身邊，對他說：「我們就是有這麼大一家人，沒法子。」他向老先生做出OK的手勢，同時看著那整桌人離去。四周隨即冷清下來。

他發現自己流下了眼淚，以意想不到的速度在流著。好在隔桌的人家走了，這時也沒人注意他。他便讓眼淚流個夠，心裡倒有一種舒暢的感覺，好像他一直都在等待這時刻的出現。

注

①Halifax，在加拿大Nova Scotia省。

②Blue Ridge Mountains.

③Blue Ridge Parkway.

④Manly Beach.

⑤《蝴蝶夫人》的女主角多半爲西方女人所扮演。

# 越過田野去

一切都亂了，眼淚、笑容、她的手、他的手、她的臉頰，和他的臉頰。一切又很快找到自己的秩序。他的另一隻手也接觸到她的臉頰，他尋找到她的嘴唇和她的舌根，他聞到了很好聞的味道，他等待了很久才聞到的味道，那一直儲藏在某個盒子裡的味道。過了好一會兒，或者根本什麼時間都沒過，他聽到有人說，或者根本就是他自己在說，他要把曾經積欠她的統統歸還她。

午飯前原本有一段美好的時光，卻被媽媽的出現打斷了。那時，他正坐在自己的房間裡，享受著以前享過的福：佯裝在看書，不許別人進房打擾，雖然大多數的時間裡，他只是在跟瞌睡蟲搏鬥。不，不能說是一切，有些事情跟從前不同了。比如說，空氣裡沒了平劇的聲音。如果爸爸還在，媽媽會說：「收音機撥小聲點兒，孩子們都在讀書。」現在媽媽無需這麼講了，那聲音已經從空氣裡消失了。還有他自己，在這並不怎麼熱的天氣裡也會流汗。媽媽說，因爲他發胖了。連鄰居的媽媽也都這麼說。他試圖向她們解釋，人在北美洲，肌膚裡容易累積禦寒的養分……。沒有人肯聽那一套。大家只認爲，在這陰曆年的時候，他還在找藉口把冷氣機打開。

午飯前，他依舊坐在書桌前跟瞌睡蟲搏鬥，媽媽意外出現在他的房間裡：「寶寶，有件事我得跟你商量。」

「回頭妳去跟妞妞商量不就得了。」

這種對話只會發生在他們這個男丁不旺的家庭裡。隔壁的吳家，儘管所有的男孩已自立門戶，過年回到家來，依舊表現得在聽候差遣的模樣，好像那威嚴的老太爺仍然坐在客廳裡瞪著大家。然而，眞正做事的往往是一旁不吭聲的媳婦們。在這方面，他當然也不比那些男生高明許多。

媽媽似乎早就料到他會這麼回應。媽媽說：「你妹妹回來後還要上香去，你又不是不知道。」

在飯桌上，媽媽繼續把她早已想好的說法逐一搬上檯面來。

「你可以騎你老爸留下的那輛自行車去。」媽媽說：「要不然，你可以請隔壁大毛騎摩托車載你一程。」

媽媽見他不回應，便繼續說：「等會兒我就去跟大毛講，好不好？」

他說，如果要找大毛，他自己不會去？

「那你就騎你爸的車去好了。」媽媽說，話裡頭突然多了些鼻音：「那車好久沒用，怕騎不動了。」

不，他不想繼續聽這些，關於她按時推了車去店裡，叫人給車上油的那些話。

午覺過後，他接受了現實：媽媽並不是在徵詢他的同意，而是直接吩咐他。他躺在床上，聽著飛機聲逐漸遠逝。如果不是媽媽，他還可以繼續躺在那裡，回味當初坐在飛機上所看到的雲朵，那一片躺臥在加州海岸上空的雲朵。那時候，在慌亂的氣氛下，他只跟自己說，將來他還要細細回憶那景象。現在，他躺在這躺了十多年的床上，仍然在對自己說著同樣的話。

他從床上站起身來，直接走到媽媽的面前去。媽媽剛在沙發上打了個盹，這時關心的是妹妹的一家人怎麼還沒到。

「東西呢？」他問。

「什麼東西呀？」

「妳要我送去給姜家的菜啊。」

「你現在就要去嗎？」

「不然怎麼辦？好讓妳嘮叨個沒完？」

「臭兒子！」

媽媽要他抄下姜家的地址和電話號碼。他照做了，雖然不知有啥用處。

他把媽媽做好的菜放進自行車前頭的籃子裡。

下午的空氣裡有一種暑氣，那是夏季才該出現的味道。也許是他太久不住這兒，會注意到一些以前習以爲常的事。

騎上爸爸的自行車，他仍然感覺得到以前的那種惶恐。這輛車據說是爸爸從大陸帶來的。二十八英吋高，不銹鋼打造的車身，油漆磨掉的那部份露出了紅色的防腐漆。有一次他問爸爸，既然是不銹鋼，爲什麼裡頭還要塗上一層防腐漆？爸爸沒有回答他。大人答不出話的時候都會佯裝沒聽到問題。至於他自己騎的那部腳踏車，據媽媽說，趁著還能用，已經送給附近的人家。

腳踩在踏板上，他想著，這樣也好。否則，這會是整天裡最難熬的時段。如果還坐在房間裡，他會把收音機打開，在美軍電台（現在已經不叫這名稱了，他知道）與另一個國語電台之間輪流轉。

他還記得，收聽美軍電台最勤快的那一年，自己正在準備大專聯考。下午五點鐘，房子外出現了腳踏車的煞車聲，和放學學生們追逐叫罵的聲音。天上也出現橘黃色的雲朵。他總幻想著，在那遠遠的雲朵下就是美國的西海岸。現在，當他聽著同樣電台的音樂，眼前出現的卻是紐約的機場，出境大廳外令人屏息的冷空氣，越過冷風時聞到的柴油煙味，還有那段長長的回家路程。

接著，他會把收音機轉到另一個講國語頻道去。電台主持人以幾乎零缺點的腔調講著做人道理。有些話他已經十多年沒聽人講了，像什麼「好語慰人三冬暖，惡語傷人六月寒」，或者「定、靜、安、慮、得」的修養方法。隔了一會兒，主持人又以同樣優美的腔調講著自然環境的保育哲學。那麼長長的一串話，加上貫穿在其中的音樂，都會讓他覺得這地方從來沒有改變過。

然後，他會想起自己是否要提前離開，或者根本就不該回來。回家來過年只是他一時的衝動。面對著尚未完成的專技報告，他卻決定訂機票回台灣，一切只因媽媽無意間回他的話。他在電話上問，過年妳們那兒出太陽嗎？媽媽說，何止出太陽，簡直是一年比一年熱。訂機票的前一刻，他喚起自己坐在這房間裡的感覺。爲什麼那時候做什麼事總可以不慌不忙？高中畢業以前，他一直都待在鄉下，卻從來不擔心自己與世界脫節。

他騎到自己讀過的小學，現在還處於休假的狀態。再來則是爸爸過去服務的那個軍營。老早的日子裡，軍營的一切都暴露在路人的眼睛前。一排排的軍車，車後拉著野戰砲，還有在草坪上操練的士兵。班長喊起口令來威風抖擻，操練的士兵則勉強打起精神應付。隔了一陣子，班長發起飆來罵人，連罵人的聲音都飽滿充沛，就像那些打小孩給路人看的爸爸。還有吉普車開出的時刻，士兵分別站在兩頭攔阻行車，另一個士兵則吹著響亮的哨音。

到了晚飯時間，愛熱鬧的人物離去了，營區也安靜了許多。理平頭的士兵，像平劇裡的角色，明明見得著彼此，卻做成互不搭理的模樣。這時候，橘紅色的陽光平射過來，把他們單調的舉止照得一清二楚。他們坐下來，好長一陣子依然沒有任何動作，好像只是坐在那兒，讓陽光爲他們消毒。

現在的軍營已經不是這個樣。它好像做多了虧心事（把他爸爸羈束在這裡是其中的一項），又不想叫人看見，便拿灰藍色的牆壁把自己團團圍住。後來他在別的軍營待過，對於這個營區的好奇早已消失。對於爸爸的制服上掛著梅花，卻不是帶兵官，他也早就釋懷了。

他看到那上面寫著「歐都納」的客運站牌。以前爸媽去城裡，會帶著他和妹妹站在那兒等車。在那裡等得太久，他會跑到十字路口去，看看車子到底來了沒有。那時站牌上寫的是像「腦精」這類的土名字。看到那名稱，他會想起學校訓育組長上寬下窄的臉，也許是聯想到他的腦勺塗了這種油，長成那奇特的頭型。

再騎下去，他明知走錯路，卻捨不得把車轉回去。他的眼前出現一片順著緩坡延伸下去的平原。視野突然放寬了。他看到一輛小貨車，揚起一長排塵土，車身從遠處看起來顯得頗爲渺小。這是冬日，平原上一格一格的魚塭像學校一樣在放寒假。魚塭裡的水乾了，底層的泥土像翻了面的襪子坦露在陽光下。更遠的地方則有一根根電線桿站立在直統統的路上，把電纜一路拉到了海岸去。雖然在這裡看不見，他知道在那片綿延的木麻黃後面就是海岸了。竟然有人住在那麼偏遠的地方，這是他最感到不可思議的事。

他回過頭去，感覺到有人在呼喚他，像是媽媽叫他趕緊往回走。然而什麼都沒有，這只是在空曠地容易產生的幻覺。

他重新上了車。

學校的老師說，他們這個地區有一條非常明顯的線。線的左邊是魚塭，右邊則是蔗田。這條線，老師補充說，就在趙漢民家不遠的那個坡地。有好長一段時間，他對自己的家位於文明世界的邊緣感到不齒，直到他有了腳踏車。

剛開始，他並不想去那個荒原探險，只想去縣政府所在的市鎮遊玩。後來他去那兒的電影院看過電影，電影院位於廟口旁，附近亂糟糟的景象留給他十分惡劣的印象。他的夢想逐漸轉移到這片荒原來。他期望有一天能把腳踏車騎到那裡去。那只是他的夢想，雖然他會跟同學說，他已經在某個假日去過那裡。

回程很順利，他找到通往姜家所在的石子路。路的尾端只有一戶人家，前面站立著垂蔭的鳳凰木。剛才經過這裡，他居然錯過這棵大樹。

現在他知道自己爲什麼不願意來這裡了。他已經看到老樹旁停放著一部車。從汽車的款式以及它肆無忌憚的停放方式，他知道自己在害怕什麼。他唯一不能確定的是，自己到底在害怕會看到姜麗芬，還是會看不到她。

他看了一眼籃裡放著的食物盒，感到自己的手已經在微微顫抖。

■

來應門的人就是姜麗芬。看到他的時候，姜麗芬噗哧笑了出來，好像他是前來祝賀生日的小丑。

「你媽媽剛打了個電話來。」姜麗芬說。

他做了個很委屈的表情。

「可是她忘了問我是誰。」原來話題的焦點並不在他。

「妳怎麼說？」

「進來吧，進裡面來再說。」

他在期待更糟的事發生。事情往往是這樣：當你進了門準備就坐，對方突然想起了什麼：對了，我忘了給你介紹個人。於是，一個滿臉誠實、雙手還留著水漬的男人從廚房裡走出來。

「啊，是你媽媽做的。」姜麗芬把他捧著的食物盒移到自己的手上。

「她每年都做這個菜。」他說，很後悔沒耐心聽媽媽說，這菜是怎麼做的。

「我很喜歡吃這種菜。」

「妳不把它放進冰箱嗎？」他學著媽媽的口吻說。

姜麗芬做了個恭敬不如從命的模樣，走進廚房去。

他趁機看了看四周。在他的記憶裡，過去這個客廳比現在華麗許多。緊靠著某個角落——他卻想不出是哪一個——曾經立著一扇金黃色彩的屏風。茶几上放置著一盆蓬勃飽滿的鮮花，茶几靠客人的一側容置了造型奇特的抽屜。牆壁上方則掛著一張與客廳格調不一致的照片。照片上的人並不是這家的親戚，人像的右邊寫著「姜鳳雛同志留念」的字樣。他坐在椅子上無聊，便在心裡唸著這行字，一遍又一遍。

那時姜麗芬的爸爸還在，他的爸爸也還在，兩個大人之間有著某種從屬關係，只有他們自己才明白。如果不是班上的同學住在這裡，他或許會對這家人產生好感。因爲這一層阻隔，他很早便決定不再進房子去。媽媽似乎也不喜歡往那兒跑。媽媽說，姜媽媽不該當著外人抱怨自己在這地方待得太久。這是他跟媽媽看法唯一相同的一次。

姜麗芬從廚房走出來，雙手相互摩搓著殘餘的水漬。這是一個成熟的女性才會做出的動作。他也察覺到，她在家裡還穿著後跟隆起的鞋子，那種必然會引起訓導主任注意的鞋子。這些事情都讓他感到十分困惑。他所認識的姜麗芬應該是一個未成年的女孩。「姜麗芬」這三個字明白地顯示了，擁有這名字的女孩頂多只有十多歲。面前的這女人卻宣稱自己是同一個人。而且，好像爲了獲得他的認同，還表現出對他一見如故的模樣。

「我媽昨晚熬夜熬得很晚，現在還在睡回籠覺。」

他張開口，卻不曉得自己要說什麼。

「我們不必等她起來。」她繼續說：「可是，你得坐一會兒才走。」

他說，他很樂意坐一會兒。

「都那麼久沒見面了。」姜麗芬補充說，並且把視線射向他。

他看著她的眼睛，是那種老師從黑板轉過來會立即注意的眼睛。她齊頸的髮型，雖然並不十分複雜，卻讓他覺得，美容師必定對鏡中的人有著足夠的滿意，才願意爲她理出那麼合適的髮型來。他開始偷偷地想，如果一定要做選擇，他也許可以忘掉從前的那個姜麗芬。

「你媽在電話上說：『我兒子送菜到妳那兒去啦。』我說：『他還沒到呢。』妳媽又說：『這渾小子，又不知跑到哪兒去了。』」姜麗芬用模仿的口氣說了出來，還笑得很得意。

「你常亂跑嗎?」她又說。

他微笑著搖搖頭。

「好玩的是,你媽從頭到尾都不知道,跟她說話的人其實是我。」

他又陪著笑。

「我的聲音有那麼老嗎?」姜麗芬問。

妳的聲音從小就像妳媽,他差一點這麼說。

「是我媽老了。」他回答。

他仍然在回想姜麗芬以前的樣子。第一次坐在這個客廳裡,他並沒有看到她。「爲什麼要看她呢,在學校裡不都天天見面嗎?」在回家的路上,他還跟媽媽這麼說。讓他記憶深刻的是那次同學會。那時他們都上了高中。他本來想裝做不認識她,走近以後卻打了個招呼。她表現得倒像老朋友,要他坐在身旁。他們談到鎮上的電影院。她說她沒去過,卻很好奇。他向她保證,只要去過一次,包準她不再想去。她反問,那你去過什麼眞正好玩的地方?他說,他最喜歡去的地方是海邊,到那兒以前會經過一望無際的魚塭,保證妳沒有看過那麼奇特的景觀。她說,眞的嗎,希望有一天我也能去。

「我剛走錯路,把車騎到斜坡那裡去了。」他說。

姜麗芬在等著他講下去。他想描述自己所看到的景象，腦海裡也出現一個畫面，是那輛縮成了一小團的貨車和後面的一長排塵土。

「十多年了，妳能相信嗎，那塊地方好像一直都沒變。」

「我們這裡不也一樣？」

姜麗芬沒有繼續說話。她好像跟隨自己才聽得到的樂曲在輕輕擺著腿。他不能確定這是他的想像，還是實際所看到的情況。

「我得向妳坦白一件事。」

她在等著聽他講下去。

「記得那次的同學會吧？」

她的臉上出現某種表情，然而她掩藏得很好，沒有打斷他的談話。

「記得我跟妳講過，我最喜歡去的地方是海邊？」

「嗯！」她點了點頭。

「其實我是吹牛的。在那之前，我根本沒去過任何海邊。」

姜麗芬的眼睛睜成一個「啊？」的模樣。

「跟妳去的那次，是我生平的第一次。」

他看到她假裝受了驚，站了起來。

「哈哈哈，太有趣了。告訴我，你還有什麼秘密。等一下，等一下再告訴我。我先給你沏杯茶。」

他很感謝這突來的動作。如果她繼續面向他，會看到他的臉已轉成赤紅。

不知從哪裡來的勇氣，他在同學會的次日便寫封信給她，邀她去海邊玩。趁著秋季還沒來，這是去海邊最好的時候，他記得自己在信上這麼寫著。要是那時她知道他根本沒去過那兒，還會不會跟他去?誰曉得呢。人在年輕時根本沒這麼多顧慮。

那天她穿了輕便的郊遊服裝，頭上還戴著一頂又大又圓的草蓆帽。他自己則穿了平日穿的制服。他們都沒有問彼此，是怎麼通過家裡的那一關。那天的天氣很熱。站在太陽下，所有膽寒的念頭都蒸發了。唯一不便的是，他們要站在營區外等候客運。好在他們背對營區站著，被人發現的機會少了許多。客運車倒準時來了，謝謝老天爺。剛吃過中飯的時刻，車上根本沒什麼乘客。車裡熱一點兒倒好，給人賓至如歸的感覺。車子一開動，風就從窗外吹了進來。

電話鈴響了，鈴聲大概是從別家傳出來的。鈴聲結束後，沒有接續的人聲傳過來，證實了他的猜想。

姜麗芬爲甚麼去了那麼久還沒回來?如果這時媽媽打電話來，他該怎麼說?已經有一陣子了，媽媽怎麼不再追查他的行蹤?也許妹妹一家人已經到達家裡。然而爲什麼姜麗芬要讓他獨自坐在這裡？剛才姜麗芬對他說，他得坐一會兒才走。一會兒到底是多久？以前媽媽總會提醒他，在別人家作客要注意時間。他覺得，這些都是無謂的顧慮，卻留意到每家客廳都掛著一面鐘。姜家的牆壁上卻沒這樣的東西。這只會增加他的不安，他甚至無法估計自己在這裡已經待多久。

他站了起來，走到廚房去。

「我沒有打擾妳太久吧？」

姜麗芬轉過頭來看他，一手抓著瓦斯爐開關，臉上露出詫異的表情。

他突然覺得自己很無聊。

「我想問的是，我還能繼續賴在這裡嗎？」

爐上的水壺冒出白煙來。姜麗芬順手將瓦斯爐關了。

「在美國待了那麼多年，」他補充說：「我仍然學不會講眞心話。」

「唉，你知道我爲什麼在這裡磨蹭這麼久？」姜麗芬說：「我在找我媽過年準備的糖果盒。昨晚我明明還看到它，現在翻遍了抽屜也找不著。」

他很感謝姜麗芬沒有正面回應他的蠢話。

「你可能並不喜歡吃糖果。」姜麗芬說：「離開這麼久，你已經是外國人了。」

「這不是我的意思。我——」

「等一會兒，我們可以出外走走。這麼好的太陽天，我本來就得出門走一趟。」

「好哇！我們不妨儘早動身，冬天的太陽落得早。」

「也好。但你得等我一下，我要打個電話給我兒子。」

他站在靠近門口的地方等待她。已經有好長的一段日子，他沒有等待的感覺。最後一次意識到自己在做這樣的事，他正站在走廊上等待某位教授返回辦公室。那天他搭了一整小時的火車去城裡拜訪他。美國東部剛落下一場大雪。站在走廊上，他還聞得到室外融雪的氣味。他可以等待天氣好些時再來。然而朋友說，時間不容許他再等下去。學校很快就會對他的入學申請做出決定。

他聽到姜麗芬在電話裡重述對方的話。他兒子晚飯前不會回來。

■

太陽仍然在門外，溫暖的空氣也仍然在門外，空氣裡有一種很好聞的味道。

「我突然有個瘋狂的想法。」他說。

姜麗芬斜著頭在看他。她皺緊了的雙眼在陽光裡顯得更好看。

「我在想，我們何不趁著這個難得的機會故地重遊。」

他看著她，心裡回復到寫信給她時的感覺。

「好哇。」姜麗芬只淡淡地回應，像極了她回信裡的口吻。

「我無法確定的是，這裡還有通往海邊的客運嗎？」

「何不開我的車去？」

「喔！」他總以爲，會把車停得那麼霸道的必然是個男人。

他們走到她的車子旁。他聽到鳥叫聲。鳥兒站得並不近，叫聲卻十分放肆。他剛走進這個巷子的氣氛並不是這個樣。

「你開好了，只有你才曉得怎麼去。」

他縮了一下頭，好像被老師叫上去解一道難題。

「你可以開吧？」姜麗芬問他。

他說，他可以開。

車子走過他剛才經過的馬路。從車子裡看著走在路邊的鄉下人，他有一種背叛他們的感覺。灑在四處的陽光讓他想到某個中午，他跟爸媽從遠處步行回來。那天營區裡有個年輕軍官結婚，喜酒擺設在廟宇前的廣場。姜麗芬的爸爸也去了。他記不得姜麗芬去了沒。那時他並不怎麼在意這個女生去哪裡、不去哪裡。

「我兒子本來不肯來姥姥家的。我答應送他去看表哥和表弟，他才答應來。」

他對留在後座上的一隻長頸鹿做了感謝的一瞥。

姜麗芬又噗哧笑了起來。

「小時候，大人都很喜歡你，說你長得白白的，好可愛。我可一點都不欣賞你。你總做出那種不捨得跟人搭訕的模樣。」

他撇了一下嘴，裝成很委屈的樣子。

「直到你找我去海邊玩，哈哈，我才在心裡想，原來一切都是裝的。」

他又做出一個苦笑。

「說說你的近況吧。成家了沒？」

他說他還沒成家，才有這個自由，選擇陰曆年回來度假。

「你一直沒回來過，對不對？」

「幾乎沒有，除了我爸爸去世的那一年。」

斜坡已經到了。

小車子在坡道上走得十分平穩，坐在車子裡根本感覺不到任何坡度。

那時他們坐在客運的老爺車上，他聽到好一陣子「吱、吱、吱」的煞車聲，然後是「空隆、空隆」傳動軸旋轉的聲音，然後又是「吱、吱、吱」的聲音。車子開到平地時，窗子把塵土吸進了車裡。他急忙站起來拉車窗。車窗卡死了，拉不動。他問姜麗芬要不要換座位。她猶豫一下，然後跟他一起站起來。司機從後視鏡看了他們一眼，卻在他們沒找到新座位以前加快車子。坐下以後，車窗也拉上了，他問姜麗芬會不會感覺熱。姜麗芬說，還好，她早就準備好外面會熱。他看著她露在衣服外的手臂，在接近肩膀的地方有兩粒注射過預防針的痕跡，卻不損及四周的肌膚。他從來沒有看過那麼好看的肌膚。

「爲什麼在這時回來呢？回來相親嗎？」

他笑了起來。

「你不會這麼菜，我知道。」姜麗芬補充說。

「有點想家吧。」他說。

「你去國外那麼多年，都待在同個地方嗎？」

「偶而我也會出外度個假。只是，從外面回來，我仍然覺得自己在外面。」

「所以你回來了。」姜麗芬說。

他問姜麗芬車上是否有地圖。姜麗芬說她要找找看。他把車停了下來。姜麗芬在尋找。他向她解釋，他本來以爲只要跟著客運站牌便可以找到目的地。然而他已經有好一陣子沒看到站牌。客運路線必然從某個路口轉走了。

姜麗芬找到一本地圖集。他翻到這一區的地圖。姜麗芬也想看。他把本子攤在兩人中間。姜麗芬把頭湊過來，他聞到她的髮香。

他在地圖上找到這個區域，上面沒有密密麻麻的地名，也沒有繁複的路線。每條路都像不擅長美術的學生用直尺畫的。有些地方甚至被藍色的水域覆蓋，留下少數彎彎曲曲如絲線般的陸地貫穿其間。還有一些區域，上面覆蓋著藍色的小點，那是鹽田的標記，看起來像瀰漫在空中的水氣。

「我們現在應該在這裡，我們的家在那裡。」他說：「這中間有一條天然的界線，在地圖上看不出來。」

「界線的左邊是鹽田，右邊是蔗田。」姜麗芬插嘴說：「這是我的老師講的。」

「才不是，是我的老師講的。」

他跟姜麗芬一起笑了起來。

目的地仍然在前方。他重新啓動車子。

前面遠遠的地方行駛著一部客運車。車子離他們越近就顯得越大。它在路口停下來，放下一些乘客。下車的是一對夫婦，太太的手上抱著一個嬰兒，旁邊還跟著一個小女孩。

「他們要到哪裡去？」他看到姜麗芬也在注視他們。

從後視鏡，他看到三個人走上另一條路去，以垂直的角度伸入遠方。

「眞奇怪，我就是看不到任何房子。」他補充說。

姜麗芬把頭轉向後方去，看了一陣子。

「我也看不到。」

他們很快就把客運車甩到身後。留在他們身邊的依然是單調不變的景色。近處的電桿與魚塭趕不上他們，紛紛向後退讓。遠處的樹林則牢牢抓住他們不放。稀疏的雲朵浮在更遠的天邊，放出異常的光彩。習慣於行軍的人會告訴你，那是雲朵下的海水反射到天空的亮光。

「在美國，我曾經載我爸爸經過一處叢林。他問我，叢林後就是海邊吧？我奇怪他怎麼不看地圖就知道。現在我明白他是怎麼看出來的。」

「你爸沒有帶你來過這裡嗎？」姜麗芬問他。

「沒有。」

「好在沒有。我好想跟我爸爸說，趙漢民的爸爸帶他去海邊玩過。」

「這樣不有點冒險？妳爸爸也許會問，妳是怎麼知道的？」

「我也想到這一點。」

公路上出現一個緩坡，車子從那裡越過一道溪水。趁著迅速的一瞥，他看到溪邊有一種植物緊緊扒著地面生長，不因爲旁邊的流水而改變它們黯淡的顏色與謙卑的姿態。

他和姜麗芬幾乎同時看到那個路牌。路口沒有任何人家或標誌，他不能確定這是他們以前走過的路。他問姜麗芬是否需要把車停在路邊，等待客運車趕上來。姜麗芬說，就轉進這條路吧。

車子向左轉，現在他們已經面向那一片發亮的天空行駛。路面尚好，沒有想像的坎坷。

他還記得，當他們乘坐的巴士搖搖晃晃地彎進鄉下道路，姜麗芬從手提袋裡拿出玻璃紙包裝的糖給他。他問她有沒有酸梅。她皺了一下眉，手仍然伸在他的面前。你不拿這顆糖，她說，我回去不好交代。他想到這件事，不由得向姜麗芬看了一眼。姜麗芬不知他在做甚麼，卻回了他一個微笑，好像設計師懷疑你在瀏覽他的作品，也會對你做出那種微笑。

魚塭已經逼近他們腳底。他搖下車窗，姜麗芬跟著也搖下來。聞到車外的空氣前，他先做了個深呼吸。空氣裡沒有想像中的泥土腐味，只有告別了好一陣子的暖冬氣息。路左邊出現一片遭人遺棄的墳地。湮蔓在墳墓上的荒草以及蔓延到腳下的澤地似乎是它們新近尋找到的伴侶。

丁字路口出現一個路牌。上面有一個箭頭指向海水浴場，另一個則指向某個廟宇。廟宇的字眼重新點燃他的熱情。十幾年前，他們也去過一個廟宇，雖然不能確定就是這一個。

往下的道路有廟宇的旗子引道。有風在吹拂，兩邊的旗子一律向左飄去。以是之故，路左邊顯得比右邊寬敞許多。發亮的天空好像在對他們許諾，海水就在前方不遠，雖然他們依然看不到海。他們開過一座並不寬敞的水泥橋，兩邊飄揚的旗子像一群展翅的飛鳥，合力啣著長形的物體。淺黃色的陽光依然灑在旗子上，陽光灑在任何可以反射光線的物體上。

他們的車子很快就駛進一個村落。他有似曾相識的感覺。他問姜麗芬，他們來過這裡嗎？姜麗芬說，她也在問自己同樣的問題。

那時候，他們走下巴士，四周還沉浸在午睡裡。炙熱的陽光直射在發燙的塵土路。敞開的雜貨鋪子像綠洲般張開手臂。他們走進庇蔭處，許久沒有人出來理會。某處有個收音機開著，依然在侃侃而談。他們又聽到鋸木聲，接著是敲敲打打的聲音，聲音來自附近的一家小型造船廠。姜麗芬說，她想過去看看。他還在猶豫，這不知死活的女生已經往那兒走去。兩人走進廠房裡，裡面比外面漆黑。敲打的聲音和鋸木聲幾乎在同一時間停止。拿鋸子的人看了他們一眼，對他們發出嫌惡的眼神，接著又鋸下去。他明白，因為有姜麗芬在，他們才裝出不屑的神色。如果進來的是兩個男生，他們早就發飆了。

他從搖下的車窗向外看，沒看到任何店鋪。只有兩個鐵皮小屋座落在路邊，現在連窗戶都封閉了。小屋的外面沒有任何招牌，看不出是否還有人使用。路的對面有一排呆板的磁磚樓房，是附近唯一中看的建築，都以緊閉的大門面向馬路。他企圖尋找曝曬的漁網或任何漁人使用的工具，卻毫無所獲。車子繼續往下走，他們看到一個小港口，這時沒有任何船隻停靠，卻足以證明這是個漁村。他們在附近打了個迴轉，往廟宇方向駛去。

寺廟就在路底。開進寬闊的廣場之前，迎面走來一個上了年紀的阿嬤。阿嬤的手裡提著一個塑膠桶子，頭上戴的帽子形狀有如水手帽。阿嬤走路的姿勢依然挺直，雖然這與她不重視形象的外觀並不相稱。

他們下了車。這是一個狹長型的停車場，此時卻空無一物。吹到臉上的風，把海水的鹹味味道帶進了鼻子裡。廣場上有一根根光禿禿的桿子，也許是在節慶時用來插旗子用的，這時卻把自己的半邊捐出給陽光使用。

廟宇旁有一條河道，如馬路一般筆直，可能是人工開鑿的，河面並不寬敞，裡面卻滿盈流水，就像他們路過的好多個河道。

事情突然在他的腦海裡找到了適當的位置。

「我確定這就是我們來過的地方。」他說：「這裡原來有個河堤，上次我們就是沿著它走來的。」

「妳看，」他指著下面已毀損的鵝卵石壁：「這裡還有河堤的痕跡。河堤旁也還長著銀合歡。那時走過來，我就注意到了。」

「眞的耶。」姜麗芬使用改變了聲調的話語：「你好厲害喲。你是我認識最聰明的男生——我兒子除外。」

他看了她一眼。這個女人，充滿了自信，偶而還會跟他開個小玩笑，現在微笑地看著他，佯裝是他的舊識，站在這裡讓海風無情地撕開她臉上的秀髮。他把臉轉開，面向發亮的天空。他不需要繼續注視這個女人，就可以把她的容貌放進自己的腦海裡。她穿著的是女性在冬季時會允許自己罩著的那種有一些誇張的套頭毛衣。

他們倚著欄杆，面向那條水道。上面有一艘小漁船緩緩地駛過來，必然是那種閒不住的人，過年依然駕船出來。然而要開到哪兒去呢？

有一個家庭駐足在他們腳下的沙岸。那是一個父親，帶著兩個十多歲的女兒，顯然是開著斜坡上的那部車過來的。父親駐守在魚竿旁，兩個女孩卻不甘心長久停留在同一處。她們把腿浸在水裡面，把形狀平庸的拖鞋棄置在岸邊。

那天，姜麗芬也脫下鞋子與襪子，把腿浸入水裡。他覺得這溪水虧待了她的身份，卻經不起她的慫恿，也脫去自己的鞋襪。剛踩進水裡，他還擔心藏在河床裡的貝殼會刮到腳。走在柔軟的泥沙後便忘了憂慮。他慢慢走近姜麗芬。姜麗芬也緩緩移動，刻意走在他前面。隔了一會兒，姜麗芬忽然發出「哇」的一聲。

誰叫妳走得那麼快！他話還沒說出口，姜麗芬已經抓住他的右手臂。他想進一步用左手扶住她的身子，又覺得多餘，便讓姜麗芬繼續抓著他。不要再往下走了，他說。姜麗芬沒理會他的話，還把他的手臂當枴杖使用。他從來沒看過這麼不怕死的女生，只好遷就她，跟她一起往深處走。

姜麗芬撩起裙子來，他不顧長褲已經浸濕，繼續跟著她。水已經淹及她的大腿，姜麗芬終於停住了。再往下走啊！他開始逗她，感到自己佔了上風。姜麗芬不說話了，依然扶著他的臂膀，不忌諱他向她走近。在那一刻，他看到前面的河水已深不可測，便不再逗鬧，只跟她一起安靜地站在水裡。

河水並不如想像的那麼涼，乾熱的風吹到浸濕的皮膚產生了涼意。姜麗芬突然對他說，她不是不敢走下去，只是她沒有穿內衣。他看了她露出袖口的汗衫，對她說，妳有穿啊，爲什麼要騙我？姜麗芬不說話了。他忽然會過意來，突然有一種衝動想做些什麼。

堤岸上傳來了人聲。他回過頭去看，是一群小孩。看到他在仰頭看，那些小孩把話說得更大聲。他想到棄置在沙上的鞋襪，便跟姜麗芬說，要回去看守那些東西，免得被小孩偷走。他沒有尋求她同意，便往岸邊走去。姜麗芬沒有執意留在水裡，也跟著他往回走。他伸出手來，期望像剛才一樣攙扶她。不知是那些小孩或不是，姜麗芬拒絕讓他攙著。

他們的距離越拉越大。他回到放置鞋襪的地方，姜麗芬才從水裡走出來。他看到她的表情變嚴肅了。他看到她泡得雪白的腿，靠近腳的部份沾染了一些泥沙，又覺得自己不該這麼盯著看。

他和姜麗芬沿著河堤往下走。走過廟宇後，堤岸結束了。接續的是一條土路，向一片魚塘延伸而去。

「妳記得嗎？」他轉身對姜麗芬說：「那時候，這裡還看得到成群的小孩，今天連一個也看不到。」

「我記得那天很熱，我們走進水裡玩了一會兒。」姜麗芬說。

「妳只記得這麼多嗎？」

「我還記得，在回程上，你的表情不怎麼好看，卻不記得爲什麼。」

「我知道爲什麼。」

「說來聽聽看。」

「我恐怕說不清，事情很複雜。」

「人們都愛說，事情很複雜。其實他們只是不想說。」

「我們就要回去了嘛。」他說：「就像這幾天，想到很快又要離開這裡，我就感到難過。」

姜麗芬不再回應他，她只拉了拉自己的衣領。

飛鳥在遠處的天空上遨翔，巡視著牠們身下的小徑。那些小徑整齊地排列在乾枯的魚塘之間。最近的小徑在一段距離以外，其後的小徑則在它上方一吋的地方，再來的以及後來的則疊在一起，模糊了彼此的身份。最後站立的則是一根根直立的木頭桿子，好像靠著電纜來牽扶彼此。它們的上面是縮捲成一小團一小團的雲朵。

「我在想，如果我從來都沒有離開這個地方——」

他重新開啓話匣子，卻沒有對著她的臉孔講。這裡只剩下他們兩個人，他不需要轉身面向她。唯一的煩惱是，風很快就把他的話吹跑了。

走過一座沒有門板的小屋後，下面變得荒涼了，只有重複了又重複的魚塘。

姜麗芬沒有回應他的話。

「妳感到冷了嗎?我們往回走吧。」

姜麗芬說，她還好。

天色正在逐漸黯淡。太陽在接近海平面以前試圖掙脫雲朵的束縛，只勉強掙出一些金色的光芒來。這景象讓他想起那些沒有任何事情發生的黃昏。因為沒有任何事發生，他不記得那是甚麼樣的日子，也不記得自己在那時做了什麼。

■

坐回車子裡，他們不想立即離開。姜麗芬教他調整座椅角度，他照做了。姜麗芬也把自己的座椅調到同一個角度。

「如果我從來沒有離開這個地方，」他試著重拾剛才的話題：「不曉得我今天還想不想來這裡。」

姜麗芬仍然沒有回答他。

「人都是這樣子。」他說：「待久了一個地方，你恨不得趕快離開它。到了陌生地方，你又會想起過去來。這種情況尤其會發生在旅行的時候。」

「黃昏的時候，」他繼續說：「天快黑了，你還沒找到用餐的地方。車子在同一個地方繞了又繞。車窗搖下來，風裡開始感得到涼意。有一次，我開車經過一個住宅區。轉彎前，我看到一戶人家，外表看起來很像妳家。」

「這是美國的經驗嗎？」

「羅德島的經驗。」他說：「我說不出甚麼地方像。也許是門前站著一棵老樹，跟房子保持相同的距離。天快黑了，殘餘的陽光把老樹的影子拉到房子邊，房子裡已經透出燈光來。吃完晚飯以後，我又開車到那裡去。我只想看看在這段時間裡，那棟房子出現甚麼變化：多開了一盞燈，或者人影在窗邊晃動。可是甚麼變化都沒有，雖然屋裡一定有人，因爲有燈光透出來。」

「我不曉得你還看過我家黃昏的樣子。」

「夏天的時候，我常常騎腳踏車經過妳家。我會停下車來——」

「旅遊時，你也會想到台灣？」

「尤其是在那種時候。有一次，我跑在高速公路上，離上個城市已經有一兩個鐘頭那麼久。打開收音機，自動搜尋器所找到的總是不完整的音樂。我突然想起以前在家裡扭轉收音機，也會找到遠地傳來的咿咿呀呀聲音。那時候，我卻只有離家出走的衝動。」

姜麗芬笑了起來。

「你一直都是這樣嗎？」她說。

他等她繼續問下去。

「想到什麼就做什麼？」

「你是指到海邊來嗎？」他頓了一下才回答。「其實一點都不。年輕時，我喜歡幻想到各處遊玩，卻很少實現過，除了跟妳來這裡。」

「所以，我即使要告你詐欺，也找不到其他人連署。」

他笑了起來。

「其實我跟你一樣，而且比你還膽小。我喜歡聽別人講出遊的故事，這是爲什麼高中時我最崇拜的是我們的美術老師。」

他別過臉去看她。

「她常常跟我們講放假時四處去寫生的經驗，不僅如此，跟她同行的還有好多男性的同伴。我搞不清楚我羨慕的到底是哪一部份。」

「每一部份都令人羨慕。」

「總之，我以爲冒險者都該像那個樣子。當你約我去海邊，我在想，嗯，總算碰到了一個……。哪想到，只是個騙子。」

他陪著她笑。

「你有這麼多瘋狂的念頭，爲什麼沒有繼續來約我？」

「我？哪敢？」他說：「那天回去以後，我感到沮喪極了。我的第一次約會，就被自己搞砸了。」

「誰說的？」

「難道妳不認爲？這麼乏味的海邊，而且——」

「我可不認爲，不然我們爲什麼還要回來？」

「問題可能出在我自己。」

「你突然出麻疹了嗎？」

「也許妳已經忘了，我記得倒很清楚。那天，當我聽到一群小孩在堤岸上嘻笑，我突然慌了。我不顧妳還站在水裡，便向岸邊走去。說起來，妳會笑死。到現在我都還記得，轉身的時候我在想什麼。」

「你媽拿著大棍子在等你？」

「我想到妳家牆上掛著的那張照片。」

姜麗芬在思索著。

「那張上面寫著『姜鳳雛同志留念』的照片。」

姜麗芬先楞了一下，然後大笑起來。

他把臉背向她，顯示自己的委屈。

姜麗芬停頓了一會兒，又不由自主笑了起來。

「我本來以爲下個暑假還可以見到你。」她說。

下個暑假是他感到最沮喪的時候。他沒有考上自己心愛的科系，把失敗歸咎於過去的貪玩。他在菜市場碰到姜媽媽。對方主動對他說，聽說你跟我女兒考上同一個學校。他說，是呀。姜媽媽繼續說，我女兒考上的是外文系，你呢？他報出自己的系名。姜媽媽皺了一下眉頭，無法重複那個系名。他又講了一遍，就像他爸爸在姜家也會做的事。姜媽媽仍然無法重複那個名字，卻改口說，你媽媽怎麼沒有跟你一起來市場？他說，他要去朋友家。

「我以爲，最後總會在學校裡碰到你。四年了，卻從來也沒見到你的影子。」

「我去找過妳。」

「爲什麼我卻沒有被人找過？」

他笑了起來。

他曾經去過她的系辦公系，打聽她的聯絡地址。辦公室裡的小姐盯著他看了一會兒，問他是她的什麼人。他說，他以前跟姜麗芬住同一個地方，還報出自己的縣名與地名。辦公室小姐說，這樣子喔？我還以爲姜麗芬是台北人呢。她要他留下地址，姜麗芬來辦公室的時候會交給她。

「好了，不談了。」她說。

他倒希望她繼續談下去。然而女生就是這個樣。她們隨時可以說，不談了，就像級任導師隨時可以把自修課改爲數學課。

「你媽媽一定很高興你回來過年吧？」

「我想是的，雖然她從來沒這麼說。」

「你剛走的那一年，你媽媽碰到人就說，我兒子走了，現在連人在哪兒都不曉得。想到這樣，她就難過得不得了，連我都聽到這樣的話。」

「剛開始的那幾年確實是這樣。後來，我父親過世了，我媽媽也變得不那麼在乎我了，連打給我電話的次數都明顯變少了。」

「我家也是相似的狀況。在那之前還發生了一件不愉快的事。」

他側過頭去，等待她繼續講下去。

「我父親被調離這裡，不但失去副指揮官的職位，也失去晉升的機會。連我們的房子都差一點保不住。你提到牆上的那幅照片大概就是在那時拿下的，這是爲什麼我一時想不起它來。」

「每家都有不愉快的事發生。」他說：「像現在，我媽媽年紀這麼大了，卻一個人住在老房子裡。」

「我家何嘗不是這樣。想起這些煩人的事——唉，我們怎麼會提起這些事來的？」

「讓人感到如意的事總不能夠持續太久。」

他等待她的回應，卻沒聽到下文。

他再度側過頭去，看到她流下眼淚來。那只是一滴或兩滴眼淚，不欲爲人察覺，滑落在她的臉頰上卻格外醒目，或格外不相容。是他的手先發現到她的眼淚的，他自己從來沒有這麼勇敢過。姜麗芬沒有讓他爲她拭淚痕，但也沒有馬上放開它。她把他的手握在自己的手裡，繼而又放在自己的臉頰上。

她又笑了，也許是再度想到他一直都記得的那行文字。

他的手也陪著她的臉頰一起顫動，一起發熱。

他不再耐煩自己平日所扮演的角色，或許，另一個角色不再耐煩由他來扮演。他把臉移近了她。一切都亂了，眼淚、笑容、她的手、他的手、她的臉頰，和他的臉頰。一切又很快找到自己的秩序。他的另一隻手也接觸到她的臉頰，他尋找到她的嘴唇和她的舌根，他聞到了很好聞的味道，他等待了很久才聞到的味道，那一直儲藏在某個盒子裡的味道。過了好一會兒，或者根本什麼時間都沒過，他聽到有人說，或者根本就是他自己在說，他要把曾經積欠她的統統歸還她。

■

「回來了！」

看到前來應門的人，他以爲自己走錯了門，或者自己的記憶系統錯亂了。

這人是他的妹夫，從機場載他回家的那個人，他應該一眼就可以認出來。唯一叫他無法適應的是，這個男人已經取代了他在這裡的地位，或者他一直都無法掙得的地位。這個全名叫做戴福的男人，有時候連自己的子女都這麼稱呼，正伸出捲起袖子的手臂在歡迎他。

其次出現的是他的妹妹，臉上帶著他再熟悉不過的表情。好多好多年以前，每當他回來得太晚，妹妹的臉上就會顯現出那種刻意剔除了任何意涵的表情。他是她的哥哥，她不能表現出她理當表現的憤慨。她是他的妹妹，她也不應該表現出幸災樂禍的神色——想到他可能即將面對的責難。

接著出現的則是他的姪女與姪兒。他們仍然坐在原地，應妹妹的要求呼叫了一聲舅舅，臉孔卻沒有面向他。如果他可以立即走進電視機去，他們也許會樂意這麼做。然而兩個小孩已經注意到他了，從他們臉上突然顯現出對電視品質的不滿便可以看得出。

他走進廚房裡，媽媽的臉孔仍然面對著炒鍋。

「我已經把菜送給姜家了。」他說。

「送去了就好。」媽媽只這麼回答。

對於他刻意隱瞞了重點的說詞，媽媽並沒有駁斥他。也許媽媽不願意在孫女與孫兒面前責罵他們的長輩，否則他們就不會把大人的責難視爲自己才配享有的特權。總之，所有的人都裝成正在忙碌的樣子，用以掩飾他們對他晚歸的不滿。

或者他們並沒有把他的晚歸當做一回事？畢竟他已經是成年人了，有權力決定自己在外面待多久。這讓他反而有一種被冷落的感覺。他們都不明瞭，他寧願停留在十幾年以前。他們在這裡度過這麼多個年頭，看到他沒有機會看到的變化，走過他沒有機會體驗的興衰。他們不明瞭這一點也好，今晚他寧願不要成爲大家所矚目的對象。

開飯了。最後才入座的媽媽謙稱自己很久沒有做菜了，儘管戴福一再恭維她的菜燒得好吃。他才吃下一口菜，便明白自己餓了。那道白蘿蔔配雞腿燉出的湯，再加上幾片戴福帶來的湖南臘肉，味道變得十分甜美。還有妹妹買的蒜薹，配上了五花肉，燒起來也絕妙無比。

在飯桌上，他想起了姜麗芬來。他想到自己與這麼多人共處一桌，她卻只有媽媽跟她同進晚餐。當她挾起他送去的菜，會不會想起他來？他突然非常渴望撥個電話給她。這麼熱鬧的時刻也許是撥電話給她最好的時機。然而家裡唯一的電話機，旁邊卻坐著他親愛的姪兒，因爲不怎麼喜歡吃飯，便享有繼續坐在那兒看電視的特權。

飯後，附近蘇家的大女兒，叫做香菇或湘姑的，過來充當牌搭子。

他坐在兩個小孩的旁邊，聽到媽媽在誇讚香菇：「她事先已經跟自己的媽媽說了：『趙媽媽家的人少，我過去陪他們一會兒。吃了晚飯才過去，免得耽擱了家裡的事。』你看，多體貼的姑娘呀！」即使數度得到讚譽，當事人並沒有吭聲，也許在避免提醒媽媽，這已經是她第二度或第三度上台領獎了。

他陪著多多與如如看了一陣子兩個（或好幾個？）企鵝的卡通影片。兩個小孩看得哈哈大笑，他卻一直弄不清楚裡頭發生了什麼事。曾經有好幾度，他想拿起電話來打給姜麗芬，同時懷疑她是不是也有著同樣的衝動。想到這時她正把猶豫不決的手放在電話機上，他就把自己的手也放在上面，這樣他可以充分享受到那種幸福的感覺。不過，也許姜麗芬已經開車出外接兒子去了。想到她爲了跟他在一起，還得獨自在夜路上奔波，他便爲她感到難過。

外面每響起一陣鞭炮聲，他就會重燃打電話給她的衝動。也許他只要等她的聲音出現，便悄悄地對她說，他正在想著她。幸運的話，他也會聽到她說著同樣的話。他打算出外去尋找公用電話，卻懷疑附近還有沒有這樣的東西，又擔心他出門的時候，姜麗芬會恰巧撥電話進來。

再一次聽到鞭炮聲，他發覺自己已經靠在沙發上睡著了，身上還多了一條毯子。妹妹的兩個小孩已不在他的身邊，另一桌的四個人仍然在進行砌牆與拆牆的遊戲。他決定繼續保持相同的姿態，不想讓別人知道他已經醒了。

姜麗芬大概不會打電話給他了。也許想到他家中有這麼多人，她已經放棄打電話給他的想法，當然也不期待接到他的電話。這使得他感到一陣憂傷。

當他的手沿著她的褲襪伸進褲管裡，他也有一絲憂傷的感覺。他從來沒有這樣的經驗，無法確定這是愛或不是。接下來短暫的片刻裡，他又感到些許自責。她好像一隻馴良的小狗，不知如何處理比自己還大的骨頭，只有拚命去啃食它。他覺得有義務幫忙她。他呼喚著她，她也回應他。因此他說，他要把那天看到的雪白的腿拖出來，把沾在上面的沙子清乾淨。這樣的傻話居然也博得她的激賞，做出更激烈的回應。

他像個寵壞了的小孩，她也繼續嬌縱他。他要換到後座去，她答應了。下車的那一刻，他又擔心外面的空氣會把兩人弄醒。走進了後座，他們像是重新認識的相知，覺得有一點滑稽，又很快克服了猶豫。揮不掉她過去的影子可更好，這樣他可以把累積的幽怨發洩在這女人身上。這女人竟然也概括承受。他說，在學校裡他其實是找過她的。他又說，聽到她結婚的消息，他難過了好長一段日子。這麼無濟於事的話卻引出她的眼淚和笑容，像是怎麼寫都押得著韻腳的詩詞。

他靠在沙發上想著這些，除了原先的興奮，還有一種揮不去的憂傷。這樣的感覺竟然也沾染到身邊的事物上。他覺得家裡的燈光變得黯淡了，但很快理解到，那只是有人熄去他身邊的燈。他又覺得那四個人圍坐在牌桌旁，企圖把不可能挽留得住的時光延緩個一陣子。還有那兩個小孩，原本有自己美好的未來，卻被大人禁錮在這裡。然而兩個小孩呢，他們到哪兒去了？

他聽見多多的聲音，原來他站在戴福的身邊，正在幫自己的爸爸數籌碼。他站起身來，問如如到哪兒去了。妹妹抬起頭來對他說，大概在門外玩耍吧。這可給了他出門的藉口。他問多多要不要隨他出去，才發現這是個黏爸爸的男孩。

門外並沒有看到如如。他呼喚她的名字，如如才應聲出現。他問她在幹什麼，如如沒有馬上回答他，卻跑回黑暗裡，抱回一只比自己還大的紙盒。

「你陪我一起玩，好不好。」如如說。

他說好。「可是怎麼玩？」

如如想了一下說：「我躺到裡面，你過來找我。」

如如躺進紙盒裡。他像個盲人一樣問：「如如到哪兒去了？」

如如說：「不行這樣，你要把蓋子蓋上。」

他依著吩咐做了，這下如如真的不見了，只看得到地上的紙盒。他把盒蓋打開，如如咯咯地笑了起來。他說，這樣太危險，萬一車子來了怎麼辦？如如楞了一下。他便問如如，要不要跟他去外頭走一走。如如答應了。

走到黑暗裡，如如上前來牽住他的手。他突然有一種幸福的感覺。

即使在這個地方，夜晚裡仍然有些涼意。他貪戀著四周的靜謐，不想立即回去。每走一段路，路邊就有一盞路燈。燈光雖然昏暗，依然有益於夜行。以前的村裡似乎只有一盞燈，你得走上好一會兒才能得到燈光的照顧。也許是這緣故，除了夏季以外，他們在夜裡都不出來。倒是那些個去營區裡看戲的夜晚，他還記得很清楚。看完了戲，在回家的路上，他學著孫悟空的模樣，一隻腿抬起來，一隻手放在眉毛上。這動作大概讓媽媽覺得沒面子，很快便厲言制止他。那時的妹妹在幹什麼，在想什麼？會不會覺得這個哥哥很不堪，根本不值得她花一分鐘的心思？妹妹從來不在他的面前表達自己。他甚至並不瞭解她。

他們走到村子的大門口，他突然想，如如是不是像她媽媽一樣，那麼特立獨行，渴望有自己的玩伴，又刻意跟自己的哥哥保持著距離？

他帶著如如回到家裡，四個大人正好從牌桌上站起來。

多多趕忙跑上來，質問他的妹妹到哪裡去了。他看到如如像身價飛漲的人物被迎接到散佈了玩具的沙發去。

「你看，好快吧！」媽媽對他說：「我們已經打完四圈。」

他不曉得這算不算快，只想到媽媽的社交時間已經結束了。

一旁的香菇說：「趙媽媽有興致的話，我可以留下來再打四圈。」

媽媽很感激地說，已經勞累她許多，並且千謝萬謝地送走了香菇。

妹妹和戴福也陪著媽媽一起送客。客人一出門，房子裡立刻出現打烊的氣氛。他想問，有沒有人打電話給他，卻已經從每個人的臉上找到了答案。

這必然是個難熬的夜晚，好在其他人都不想立即入睡。他們似乎想陪媽媽熬過午夜，卻沒有人說出口。他突然很感謝妹妹一家人。他們大概不知道，他也用得上這一段時間。

在幫忙收拾的時候，他跟妹妹說，他今天見到了姜麗芬。

「我知道。」妹妹只這麼淡淡地回應，就像過去一樣。

隔了一會兒，妹妹又說：「姜媽媽還打了電話來。她以爲姜麗芬在這裡。」

她還說了什麼？他想問。然而這會逼得他自己透露兩人的行蹤來。好在妹妹並沒有追問這件事。也許他們什麼都知道了。也許從一開始，這事情就是他們所安排的。說不定他們還知道一些他不曉得的事。比如說，爲什麼姜麗芬會獨自帶著小孩回娘家？

坐下來以後，他沒有繼續在這話題上打轉。媽媽拿出一個瓷盆子，在裡面點起炭火來。腳上逐漸溫暖以後，他突然想到，似乎從他小時開始，他們就在過年時點起那個炭火盆子。這一定是爸爸的主意，這類動員全家老小的念頭必然來自他。那時候，爸爸穿著一件睡袍坐在炭爐旁邊。這世上似乎訂了一個不成文的規則：一家裡只允許一個人穿著睡袍坐在客廳裡，就像一個排裡只能有排長穿著剪裁合宜的制服。

媽媽說，現在買炭木不像以前那麼容易了。戴福就陪著她談了一陣子這方面的話題。多多和如如已經倒在妹妹的身邊睡著了，一人正好佔據沙發的一邊。他想問妹妹，自從他離家以後，她是否仍然陪爸媽坐在爐邊。戴福跟媽媽聊個沒完，他插不上嘴。既然無事可做，他逐漸有了睡意。在失去思考能力以前，他突然想到，爸媽從大陸帶來的生活習慣恐怕會隨著他們一起消失。他又想到，姜麗芬根本沒有他家的電話號碼，除非特地向她媽索取。這麼一想，他突然感到自己的全身放鬆了。

■

他醒來的時候，陽光已經覆蓋在窗戶上，自己也躺在床榻上。

已經有好長好長一段日子，他不曾像這樣，只想靜靜地躺在床上，像個對自己身體還缺乏信心的病人。唯一類似的經驗是他即將出國的那個早上。並不是沒有事情可以做，而是未來在他的眼前突然成了空白。對，應該就是那樣的感覺。雖然在好多年以後，當他回顧這一天，覺得那只不過是一種愚蠢的感覺。畢竟後來發生了什麼事，現在他都知道了。

他還記得，那天媽媽醒得比任何人都早。她刻意輕手輕腳的動作反而驚醒了他。好像你仔細掀開鍋蓋，飽滿的小籠湯包卻在你面前塌了。他並沒有在那時起床。後來又睡著了沒，現在他已記不得了。

等到媽媽叫他起床，爸爸和妹妹已經坐在餐廳裡，與其說在等他，不如說像以前一樣，一個要趕著去上班，另一個人則要去學校。只有媽媽在他背後說，回頭我們都走了，看你一個人還留在家裡不。事後想起來，這不是很好笑的話嗎？可是沒有一個人笑出來。可能是他臉上的表情不對，或者大家都在生他的氣，畢竟要出國的又不是他們。誰知道呢！

後來，他記得自己對妹妹說，等到事情輪到妳，妳就會懂得這種被人催趕的滋味。然而這怎麼會是他在爸爸身旁說的話？可能是他在機場大廳裡才講的，講的時候想著這一幕，記憶就把兩個場合弄混了。他記得妹妹並沒有回應他。如果這話是在飯廳裡講的，妹妹當然更不會回應他。後來，他並沒有參加妹妹的婚禮，爸爸的葬禮他倒是趕回來了。這可能是大家爲爸爸弄的最隆重的一個儀式，他本人卻不能參與，起碼不能親自向大家致意。

對，這就像出國前的那種感覺，未來會發生什麼事，在他的眼前變成了一片空白。他會和姜麗芬結婚嗎？這個問題一出現，他就有想笑的感覺，就像他即將出關時看到媽媽掉淚。或許到頭來，他只是一個負心人，一個登徒子。事情果眞這樣，豈不更好？

當他的手伸進她的褲管裡，他的心中突然出現一種奇怪的傷痛。他看到自己站在亞特蘭大的機場大廈。那時是凌晨兩點。冗長的走道上只有一個黑人站在那裡拖地。他原本以爲，機場裡總可以找到一塊看板，上面寫著所有班機在幾號門上機。然而有什麼事情不對勁，他看不到自己要搭乘的班機。他找不著人詢問，意識到這時是凌晨兩點，開始怨恨旅行社把旅程安排在這種時段，只爲省幾個他不在乎的臭錢。他往相反的方向走去，走過黑人的身邊兩次，決定停下來詢問他。黑人的臉上出現不屑一顧的表情。看到他站在那裡不走，黑人指了指嵌在牆裡的螢幕，喃喃地說了些什麼。他猜出意思來，並且向他道了謝，好像訓導主任放你走，你也向他道了謝。

他的手在她柔軟舒順的腿上滑動，雖然隔了一層絲襪，他已決定要把這一生的委屈都拋到她身上。她也縱容他，配合著他的手上下滑動，像是前來監獄探視你的父母，雖然還隔著一層玻璃，卻縱容你向他們哭訴。他把手從她的褲管裡移出來。他覺得自己變聰明了。他對她說，我要看看妳今天是不是仍然沒穿內衣。她竟然知道他在講甚麼，像是看到自己在十多年前親筆寫下的借據，便在他的面前打開了保險櫃。

她的手為他解開第一道鈕釦，而他的手竟然像無賴一般在旁等待。鈕釦解開以後，他試探了一下，手不容易伸進衣服裡。這樣他已經滿足了。她卻繼續為他解開第二道鈕釦，好像堅持要讓他知道，她並沒有欺騙他，從來就沒有欺騙他。他以吻來掩飾自己的羞赧。她也回吻他，好像在感謝他給予她機會，證實她沒有說謊。他的手指碰觸到乳尖。起初的感覺只像喝進一口沒有加調味料的咖啡，接著便禁不住一口一口啜飲下去。

然而他依然揮不去那種傷痛的感覺。從亞特蘭大出發的飛機要到晨間六點才起飛。他找到候機室，裡面空無一人。那是他第一次在機場裡過夜。他想躺在地毯上睡覺，卻不曉得這麼做是否受允許。後來在椅子上睡了沒，他已不記得。去雷娜的班機是個小得不能再小的螺旋槳飛機。飛到上空的時候，想像中的城市一個也見不著。連美國都不見了，只有一叢又一叢的樹林蔓佈在下面，偶而有一條不算挺直的公路劃過其中。抵達的機場叫做杜翰—雷娜。雖然旅行社的人曾經一再向他保證，他仍然懷疑來錯了地方。機場大廳只有巴士站那麼大小。旅客很快消散了，接機的人卻沒出現。他怨恨自己爲了省錢，沒有在出國前打個越洋電話給對方。他摸索自己的口袋。然而他清楚地記得，爲了滿足一時的虛榮心，那兩個可以用來打電話的銅板已經花在一杯飲料上。他開始詛咒自己，他感到心慌。

或許是車裡太熱，或許是他們相互吻得太久。有一陣子，他們都各自倒在座位上。他們的手仍然牽著手，像那些玩累了的小孩，捨不得放掉彼此，就輪流拿身子擠壓對方。黃昏的陽光變化得很快，一下子把車廂曬得很熱，一下子又淡得要暈了過去。他們坐在車子裡，不必憂慮天氣的變化。這就好像在雨天，你只要坐在房間裡，就不必擔心屋頂上滴滴答答的聲音，以及那可能會突然變得昏暗的大地。

他看到自己站在變得空曠了的機場大廳裡，想著任何人都會想到的事：也許自己搭乘的飛機來早了，或者美國人並不像自己所宣稱的那麼守時。直到時間拖得夠長，長久得足夠把所有的理由或藉口粉碎在刹那，他的腦子才變得冷靜起來。他跟店裡的人換了錢，在公用電話上撥了他事前抄錄的號碼。原來對方把時間弄錯了，吩咐他在那裡繼續等待。還要等多久？他鼓起勇氣問。大概二、三十分鐘吧！他站在機場外的長廊等著，開始在游目所及的範圍尋找美國的景象。他有充足的時間這麼做。一條筆直的馬路向荒涼的郊外延伸而去，旁邊站立著一棵相當突兀的野生植物，站立在建築物外不遠處。

沒有什麼是他在台灣不曾見過的，碩大的停車場也許是唯一的例外。其餘的，都只是鄉下的樣子，甚至不如他才離去的鄉下。他突然感到一絲難過，卻不想去碰觸這種感覺。

他又看到自己擱下行李的那一刻。已經成爲他房東的王先生告訴他，留學生多半會在晚上十一點以後打電話回台灣。他問王先生，他可不可以先睡一會兒？王先生笑著說，當然可以，這是你自己的房間呀。王先生離去以後，他連開啓行李的力氣都沒有，便倒在一張雙人床上睡去。完全入睡以前，他還想到，自己會不會爲了這張只用得著一半的床而付出過多的租金？

醒來的時候，他感到身體裡有中了暑的虛弱。他想爬起來喝水，才想到自己已經在陌生的國家裡。他躺在床上發了一陣子呆，看到還緊緊靠在床邊的兩隻行李箱，裡面放著空白的筆記本和原子筆。離開家以前，他還認爲攜帶這些東西完全是多餘的。他找到一個木桌，開始寫他的第一封信。才寫下「爸爸、媽媽」幾個字，他便想到自己還不曉得在哪裡買郵票，也不知道如何投寄信件，又感到難過起來。

他聽到如如的聲音。那聲音是從廁所傳來的，要她媽媽從外面遞衛生紙進去，或這類的事。其實衛生紙幾十年來都擱在同一個地方，這是他一走進廁所便留意到的事。如如嚷了一陣子，他才聽到妹妹的回應。這帶給他一種奇怪的感覺。妹妹已經有自己的孩子了，好像直到現在他才察覺到這件事。

他繼續躺在那裡，聽著如如與她媽媽之間的對話。他知道自己並不羨慕這些孩子。現在，他已經是這世上最幸福的人了。在車上，他問她，是不是要回去了？她沒有馬上回應他。他說，其實我也不想那麼快就分手。她思索了一會兒說，我們去你講過的那個鎮吧。他楞了一會兒，不知她講的是什麼。不是你今天講的，她說，是以前你在同學會上講的。

車子在回程開得很順利。天漸漸黑了，提醒他這是冬季的日子。他將車駛回他們住的地方，這是他唯一曉得的路，他們在跟陽光競逐時間。路旁的景象逐漸熟悉了，甘蔗田的頭頂反映著夕陽的餘暉。然後，像是在實現他構思了多年的計畫，他突然把車子彎進一條土路上，一條只能容納一部小汽車的產業道路。他將車停駛在路中間，路兩邊有高聳的甘蔗梗子遮蔽他們車子。他解開了安全帶。怎樣？姜麗芬轉過頭來問他。他還沒有回答她，便用雙手捧住她的臉。隔了一會兒，她也把安全帶解開，並且伸出雙手抓住他，像是個不服輸的選手，雖然開始處於劣勢。他們相互啃咬著，侵犯著、攻擊著。這似乎是一場沒有設定鈴聲的拳擊賽，雙方對自己的獲勝都充滿了信心。

然後，他聽到了鈴聲。

不，我不行……下去，她這麼對他說，卻沒有做出任何停止的動作。

他猶疑了一下，在她的臉上看到確定的信號，才撤回自己的雙手，並且將身子安置在原來的座位上。

我並沒有那個意思，他說。

我今天……不行。如果是其他的日子……。可是，你不會喜歡今天。

其實我也很想，只是覺得也許沒——非那樣不可。

她開始對他笑，像是對一個下錯了口令的班長那樣地笑。

他繼續說，他不需要肯定什麼。

她將身子向前傾，把頭倚在他的懷裡，像是在拳擊賽中占了下風的人，緊緊抱住對手，以避免繼續受到攻擊。

不這樣比較好，他繼續說，我的經驗不夠豐富。

她開始在他的懷中飲泣。

他說錯了什麼嗎?爲什麼女生總會做出讓男生措手不及的反應?

然而他甚至沒有資格這麼評論女性。他根本什麼經驗都沒有!

他也流下了淚來，好在她並沒有機會看到。

■

他站在太陽下，聞到燒餅爐子發出的餘燼味，同時在空氣裡感到些微的涼意。好久好久以前的早晨，他也曾走到這裡來。那還是他上小學的時候，趕在七點半以前到達學校。站在火焰還旺盛的爐子旁，他有一種溫暖的感覺，尤其是在冬天的早晨，涼颼颼的晨風吹拂著他的臉，裡面還有枯乾樹葉的味道。後來他也隨著同行的小孩向山東老鄉買燒餅。一個燒餅就好，裡面不夾油條。這樣，那個臉孔十分醜陋的男人就不會拿剪刀在燒餅上剪出一條線，而他也能夠保有剩餘的五毛錢。

這樣的日子持續不到一個月，就被媽媽發現了。他還記得那天下午，媽媽突然走進他的房間，詢問他最近都把錢花到哪裡去了。不是去買那些木腦殼吧？不是偷租漫畫書來看吧？不會讓人騙走了吧？剛開始，他否認一切。當媽媽拿出那只他曾經在她面前封好的信封袋——現在已明顯破了封——便不得不坦承自己做了壞事。媽媽狠狠罵了他一頓。媽媽說，要緊的不是你亂花錢，而是你企圖撒謊。對他來說，這其實是兩項指控，而不是媽媽所宣稱的一項。

因爲這件事，他不再接近那個炭火爐子，不再正眼看面孔醜陋的山東老鄉。想到那又長又髒的手指甲，這樣的犧牲其實一點都不大。這已經是好久好久以前的事了。如果不站在這微溫的爐子旁，他可能永遠也不會想起這件事來。現在，他已經看不到那山東老鄉了。現在他所看到的是一個年輕的男人和一個操本地口音的女人。他看得出來，這兩人已經站在店門口忙碌了好一陣子。

「閒著也是閒著。」那女人用獨特的腔調對店裡的顧客說：「不如趕在初三開張算了。」男的則在一旁使勁地揉著麵，好像在嘉許女人重複他才說過的話。從兩人的表情，他知道他們是這家店的新主人。然而山東老鄉到哪兒去了？搬走了，住進榮民之家，還是去世了？有些人家的事你不必多問，就有人來告訴你。關家的兒子，老婆跟人跑了以後，很久沒回來過年。陸家的女兒倒幸運得很，本來要跟老公離的，沒想到男的遇了空難，還留下一筆優厚的撫卹金。他從來沒聽到任何人提起山東老鄉來。也許別人並不把他當村裡人看待，也許他也不把自己當村裡人。

如果他不曾呆站在這兒，這些往事早已拋擲在腦後。而他的媽媽，聽說他要留在家趕寫專技報告，連懷疑的眼光都不曾拋向他，就跟妹妹一家出門去了，畢竟載著大家出門的也成了她的兒子。他寧願媽媽把他叫進房間去。你做了什麼虧心事，自己說！他會跟媽媽坦白，自己做了不該做的事，他愛上別人家的女人，他愛上姜麗芬。他甘願接受媽媽的責罵，只要媽媽告訴他該怎麼辦。自從他離開這裡，就不再是人們所談論的話題。即使他回到村子裡，別人也沒有興趣過問他的事。大家愛談的仍然是關家的大兒子。關子權一向我行我素，把別人的話當耳邊風。人人都恨不得代替他的爸媽來管教這個浪子。

爸媽曾經嚴厲地管教他，就是希望別人少管他家的事。這也是爸爸對待自己的態度。爸爸退休的那一年，有將近半年的時間，只待在家裡，即使有好多退休的人都在原單位找到了差事。他放學回來，看到爸爸仍然穿著睡褲坐在客廳裡聽平劇。他走進自己的房間，平劇聲音變小了。從玻璃窗，他看到爸爸走到院子去，仍然穿著汗衫與睡褲。

服完兵役的那一年，他才體會到爸爸的感覺。三月過了，四月也過了。允諾獎學金的信最遲會在五月發出。那可是第二輪的信，甚至第三輪的信，他卻連一封也沒接到。美軍電台如期播出西洋音樂，橘色的彩霞依然出現在天邊。他最終等到一封信。厚信封裡只包著一張信紙。很遺憾，沒有獎學金，但希望你考慮來就學，我們這裡有充實的研究生課程。爸爸把他叫進客廳，媽媽也坐在旁邊，幸好妹妹不在家。我們已經計算過，爸爸說，家裡的一點積蓄足夠支撐你一年。他沒有說什麼，他連拒絕的勇氣都沒有。他知道，如果他一開口，事後流在房間裡的眼淚就會掉在爸媽面前。五月底，荒謬的事情發生了，一封允諾他獎學金的信掉落在信箱裡，不管那是第幾輪的信，不管對方是否把受信人的名字和地址打錯。他自由了！

現在，這個有幸能逃離別人監視的浪子，正站在微溫的爐子旁，並非跟人有約，只是姜家的電話許久沒人接。不停空響的鈴聲帶給他一種恐慌的感覺，好像他自己站在電話的另一頭。也許她陪媽媽到市場買菜去了。這個想法把他送上路，把他送到這裡來。到了這裡，他才意識到，這是初三早晨，只有一兩家店開著。平日他根本不在意的菜販，現在卻巴不得他們來這裡擺攤子。出國前的那個暑假，他曾經在這裡碰到她，卻根本沒在意她的出現。那是一個下午的時分，她的手上拎著一籃菜，顯然是從即將收攤的販子那裡買來的。他沒有仔細看她，也沒有上前跟她打招呼。他每次見到她，都覺得到她長高了，雖然沒有高到足以威脅他的地步。這次他在她的身上發現會讓他感到恐慌的東西，他知道那是她變得成熟的身體。他卻沒有在意這件事。他只在心裡想著，能夠離開這裡眞好，能夠永遠離開這裡可眞好。

■

坐在已經滲進夕陽的客廳裡，他享受著從來沒有在那裡感覺到的自由，以及空虛。他讓想像在腦子裡任意遊蕩著。他想像著爸爸此時站在紗門外，身著白色的汗衫與淺藍色的睡褲。他可以看到爸爸彎下腰，把一瓢一瓢的水送到植物的腳下，那麼仔細又那麼沒效率。如果是他自己來做這件事，他會把水從植物腰部大力灑過去，讓植物享受到被淋浴的快樂。

他坐在美國的客廳時，也曾經想像同樣的情景。那時他坐在剛送來的沙發上，鼻子裡嗅著沙發布所散發的味道。爲了等待那套沙發，他犧牲了驅車出遊的機會。那是他去公司就職的前一天，對那個地方和新家都一樣陌生。

在天色全黑以前，他開車出外，找到了一家中國餐廳。那塊略顯荒涼的停車場吸引了他。來到美國以前，他好像在甚麼雜誌上看過這樣的景象：進口前有一根高聳的柱子，上面頂著亮了燈的招牌，招牌的兩側各有一個書寫拙劣的中文字，讓你很快想像到那種典型的「中國菜」的味道。

進了門，鼻子裡聞到菜香的同時，他看到一個女人站在櫃台前。不知爲什麼，他知道那是個懷了孕的女人，就像他知道她會用華語跟他講話，又知道自己會被她的臉孔所吸引。女人手持著菜單，帶領他走進黑暗的餐廳內部。他坐了下來，現在他確定她是個懷了孕的女人，想請她坐下來，否則自己便重新站起來。他開始閱覽女人爲他打開的菜單。以前，他會吩咐對方隔一會兒再來，好讓他從容閱覽菜單。現在，他只是低著頭坐在那裡，卻無法阻止自己的餘光掃到一旁的她。不管他把目光放在哪裡，他的餘光總會掃到她的身體，和她裸露在衣服外的雙膝。這使得他有一種犯罪的感覺，好像有個女老師正站在一旁監督同學寫功課，他卻在忙著偷看她。當他再度抬起頭，問了她關於菜單的一個問題，感到自己的面頰開始發熱。

下星期五晚上，他重新想起那張臉孔，很驚訝自己竟然還記得它。那是一張長型的臉，頭髮向後梳，好似要敞露她臉上的每一個特徵。她的腦後還紮結了一個馬尾，像年輕的女性常紮結的，雖然她已經逾越那個年齡。

他決定去Pizza餐廳吃晚飯。在擠滿了客人的前廊裡，他站了好一陣子，看著美國女孩引領早先抵達那裡的客人走進去。他猶豫了一會兒，決定驅車去那家中國餐廳。看到那高聳的柱子，現在他想起自己在哪裡看過這樣的景象。那是他在大學同學家翻過的一本外國雜誌，裡面有一張像這樣的照片，佔據雜誌的一整頁。

他走出車子，看到外面已變得漆黑的馬路，上面仍然飛馳著汽車，一輛接著一輛。他想起來，自己還沒有看過這個停車場在白天的樣子，突然有一種奇怪的傷感，卻很快被飄盪在空氣裡的菜香所取代。他走了進去。同樣是那個女人，站在櫃台後。他永遠不會忘記，在她轉身拿菜單的一剎那，突然用他聽不懂的方言對著門後怒斥。門後並沒有傳來任何回應，只有菜在鍋子裡翻滾的聲音，以及旺盛的爐火發出「呼呼呼」的聲音。罪惡感突然跑進他的心裡，彷彿那個怒斥的聲音是針對他而發的，她已經看清楚他的意圖。這是他記得自己剛到紐澤西的那個禮拜所發生的事。以後，他再沒有去造訪那家中國餐廳。

現在他有一種想侵犯她的渴望。也許他早該這麼做了。當他跟她一起走進溪水裡，那被太陽曬得有點兒溫暖的溪水，裡面依然潛藏著一種冷涼的因子，勾動了深藏在內心裡的慾望。如果不是那些討人厭的小孩在岸邊喧鬧，他會順著自己的感覺去做。即使那天沒有機會做，下次他也會這麼做，如果還有下一次，如果他沒有表現得那麼孬種。男人孬種，就會給女性看穿，會很快澆熄原先燃燒在她們心裡的火焰。這個火焰，昨天又被他煽醒了，好像你只要用口對準了它，小心地吹著、充滿企圖心地吹著，你就能救活那看起來已沒希望的火。如果適時再加上一張紙，一小撮乾草，並且繼續用口吹，溫柔一點地吹，只要把餘燼吹紅了，一切就會回復原狀：你的記憶，你的慾望，你的一切，好像甚麼都沒有改變，好像從冬眠甦醒了的身體。現在他有一種強烈的慾望，要完成自己老早該完成的事，要把她推倒在甘蔗叢裡，把她壓倒在車座上，不管在哪裡，哪一天，哪個時刻，只要你這麼做，你就能把她燒得赤紅。再難以點燃的濕木頭，這時扔進去也會化爲熊熊烈火，發出爆裂聲。這樣，她就是你的了，即使以後容許她自處，心裡想的也是甚麼時候能夠再被你點燃，再被你燒成赤紅。

現在他卻要面對另一種可能。事情已經遲了，過去了。她有足夠的時間讓自己清醒。昨晚七點，如果他們分手的時間是昨晚七點，到現在已經有好長一段時間。逝去的時間已經長得足以讓她清醒，讓她重新想起那個漫長的暑假，以及以後更長的日子。孬種的趙漢民，他在哪裡，他在幹什麼？這樣的質疑可能老早就發生了，當她第一次出現在某個公共場合，那些站在進口的男生把試探性的眼神射向她的臉孔……

爲什麼他要坐在這裡想這些事情，爲什麼他不能讓事實澄清自己？他原本計畫在今天完成專技報告。這類需要花腦筋的事，以前他做得頗爲熟練。事實上，在這個家，他已經做了十多年這類的事。做的時候，心裡連一點雜念都沒有。爲什麼感情的事在那時不曾困擾他？

也許他並不那麼愛她，不但她看得出，他自己的內心也曉得。現在他變了，變得這麼徹底，連自己在這個房間裡的感覺都喚不回來。即使他把還留在書架上的書抽取出來，翻開來，看到自己在空白處留下的字，字跡那麼陌生、隨便，寫的時候心裡壓根沒想到，以後還有人會看到它們。

即使走到門外，他仍然喚不回以前的感覺。即使他看到那並不陌生的巷子，一邊是房子，另一邊是荒草蔓延的空地；即使他看到鄰居的老人，裹在誇張的冬衣裡，察覺他出現在巷子，仍然往家門走去，佯裝沒有看到他，一點都不像美國的鄰居，即使不認得你，也會在墨鏡下擠出社交性的微笑。

他走到村子口，荒涼的田野展露在馬路的另一頭。上面寫著「歐都納」的客運站牌，孤伶伶地站立在那裡，似乎對未來不抱有任何期待。有兩個小孩，穿著體育制服，套著拖鞋的雙腳則裸露在空氣裡。他看到他們手裡拿著炮竹，往已經採收的蔗田跑去。他知道自己正走向一個溪谷，會看到一個夾在兩個坡地之間的溪流，被相互推擠的樹蔭覆蓋著。他知道，在暑假某些黃昏來臨以前，他也曾經走到同樣的地方去，期待看到變化，卻滿足於沒有奇蹟發生。他已經聽到一群麻雀的叫聲，吱吱喳喳的叫聲，也許是被遠處的炮竹聲所驚嚇的，也許只是牠們好嚷嚷的天性使然。然而這一切現在對他都變得十分陌生，好像他並不住在這裡，只是曾經來這裡作過客。他感覺不到自己從哪裡來，現在住在哪裡。他感覺不到任何東西。

他答應媽媽，吃過晚飯以後，會收拾自己的行李。他並不眞心要這麼做，只想擺脫媽媽的干涉，擺脫媽媽過問他的事。他不明白，爲什麼媽媽總要提前把這個家推入離別的氣氛裡。他開始整理衣服的時候，突然明白這個道理。如果事情一定會發生，做一件事總比不做任何事來得好。

第一次離開這個家，媽媽在他身後收拾行李，爸爸在客廳裡聽平劇，他所有的感覺都被這兩人磨光了。現在，當他機械性地折疊著衣服，卻可以感覺到那時的自己。當他企圖回想過去，想到的卻是離開以後的事。他回想到，自己的飛機接近加州海岸時，橫躺著的陸地出現在層層的雲朵下。他聽到鄰座的女人問身旁的男人，這會是哪裡？也許她只是在明知故問，或是在告訴對方自己的發現。任誰都知道，經過這麼一片久不搭地的海洋，你看到的陸地還能是哪裡？他開始感到飛機在傾斜。雖然安全帶從來沒有離開他，他仍然用雙手抓了它一下。之後是一段冗長而無聊的等待。耳朵開始發熱，表示飛機距離地面已近。這不是很好玩嗎？你距離太陽越遠，感覺越熱。然後，他看到蔚藍的海，不是在高空上看到的那種藍色的桌布，而是眞正的海，圍繞著白色的帆船，拍打著金黃的沙灘，甚至滲進了紅瓦白牆的中間。不，那是游泳池，卻反射著海水的顏色。飛機開始下降，穿過那麼多他不熟悉的街道與建築。他開始想到，落地以後要幹甚麼都不清楚，他開始羨慕鄰座的那對伴侶。

他仔細聆聽外面的動靜，確定所有的人都在妹妹的房間裡，才走了出去，走到屋外去。站在竹竿下，他取下還掛在上面的內衣褲，同時可以聽到戴福高昂的談話聲，和小孩跟他起鬨的聲音。他很感謝妹妹一家人願意多留一兩天，不只因爲戴福要送他去機場，而是他們可以讓這個家保持著甚麼都沒有改變的樣子。

這似乎是一個律則。當家裡有人離去，其他的親人會更渴望凝聚在一起。爸爸就做到了這一點。現在他的離去又讓媽媽跟妹妹的一家人連結在一起，緊緊地連結著，使得他的存在已無足輕重，即使他還沒有離開這個家。也許這就是姜麗芬現在的心情。這種感覺，在全家人回來時，突然劃過他的內心。戴福抱著正在睡覺的如如，妹妹牽著臉上露出疲態的多多，一面吩咐媽媽不要急著拿車上的東西，等一下她會回去處裡。他站在一旁，迎接著他們，卻覺得自己多餘。晚飯吃的是昨晚吃的菜，味道卻大爲走樣。頭上的燈光似乎也黯淡許多。如如剛睡醒，忘了坐在對面的是昨晚陪她出外散步的舅舅。多多趴在沙發上睡了——這個男孩，反正不喜歡上桌跟大家一起吃飯。他企圖回想自己第一次離開這個家的前夕，卻覺得那件事根本不發生在這個房子裡。

也許姜麗芬並不眞的需要他。她需要的只是過去的感覺，就像你初次和女孩擁舞，你需要也只是做這種事的感覺。這樣說也許不公平，是他自己失蹤了那麼長的一段日子。她在車上的時候，還說：我本來以爲下個暑假還可以見到你。這句話說得好窩心，讓他甘心愛她一輩子。何況，在這麼多年之後，即使爲了想看看他，也夠讓人感激的。吳家的老三，國中畢業以後很少跟他來往，在他到家的當天便過來看他。剛走進門，老三就對他說：「我媽說你要從國外回來，我跟自己講，我一定要上門去拜訪。」媽媽送茶過來，老三又對媽媽說了一遍。他們聊了一陣子，沉默出現時，老三又跟自己的太太講了一遍。

他把車開到她家門前樹下，對她說，現在我得換乘自行車回家。這有點兒像上白朗峰，他接續說，你得搭乘三種不同的火車。她並沒有回答他，也沒有鼓勵他說下去。現在他知道自己爲什麼在那個暑假沒有繼續約她出去玩。女生總是這樣，總會在某個時候突然變了個人似的，讓你覺得自己甚麼時候說錯了話，而且永遠不知道說錯了甚麼。現在他知道自己爲甚麼沒有及時請她留下電話號碼，或其他的聯絡方式。他只提醒她，要把車門鎖上。她搖了搖頭，說她等會兒還需要用車。他想起她還要接兒子回來，懊惱心裡想到的都是自己。他目送她走進家門，貪婪地看著她在燈下的背影，很難過她並沒有轉過身來。

晚飯後，他鼓足了勇氣，趁著在廚房洗碗的時候，跟妹妹說，他今天打了一整天的電話給姜麗芬，卻沒有找到她。妹妹沒有立即回答他，手上抹拭盤子的速度卻明顯變慢了。如果我離開以前仍然沒有找到她，他接著說，能不能請妳幫我聯絡她，請她留個電話號碼或甚麼的？說完話，他已經感到自己的厚顏無恥。妹妹的先生就在外面，妹妹的小孩也在外面。要不然，他繼續厚顏地說，妳可以把我在美國的地址留給她。他相信妹妹懂得他要表達甚麼，雖然她只說，她會試試看。她畢竟是他的好妹妹，雖然他從來沒有扮演過好哥哥的角色。

他把折疊好的內衣褲放進行李箱裡，繼而把行李箱豎立在地上，開始感到自己眞的要離去，他甚至已經看到這隻行李箱站立在自己客廳的樣子。他可能要等待好幾天才有精神重新打開這個箱子，把衣服拿出來，然後把拉鍊重新拉上，把箱子放置在衣櫥裡，讓它從此消失在視線之外。他可能也需要同樣多的時候才有精神駕車到超級市場去，走過寒冷空氣所籠罩的停車場，去購買一些東西來充塞空蕩了許久的電冰箱。

他聽到媽媽在門外呼喚他。如果他不佯裝做點甚麼，會被媽媽發現坐在這兒發呆。媽媽的聲音已經出現在門內，他只來得及把行李的拉鍊拉下，又重新拉上。

「竹竿上的衣服不見了，是你收的吧？」媽媽問。

「還有誰會拿我的內衣褲？」

「你收了就好，我還在掛念，怕你忘了今天才洗的那些衣服。」

「要是忘了，妳就寄給我嘛。這樣，妳也有事情可以做。」

「臭兒子！」

媽媽離開他的房間以後，他突然感覺到，不管他願意還是不願意，事情已經結束了，或者從來沒有開始過，就像他自己從來沒有回來一樣。

陽光仍然照在原野上。他坐在戴福的車上，看著幾天前和姜麗芬一起駛過的那條馬路。飽滿的河水從他的腳下流過，中間站立著一些孤島，佈滿了匍匐生長的植物，以略帶鹹味的水來養育它們卑微的生命。他已經去過姜家。從那裡出來，他才體會到，他跟姜麗芬分手的那晚，沒有感覺到時間會消逝得那麼快，就像過去十多年的光陰那樣。姜媽媽把信遞給他的時候，臉上帶著他再熟悉不過的表情。她似乎不能確定他就是趙漢民，而猶豫是否該交出保留在身邊的信件。接過信的那一刻，他並沒有埋怨任何人。他只為妹妹感到難過。如果沒有他昨晚的請求，妹妹不會在他離去以前打電話給姜家，不會發現姜麗芬請她媽媽留了一封信給他。聽到這個消息，他還對妹妹說：「要是我們沒有打電話過去呢？這信就永遠擱在那裡嗎？」妹妹沒有說甚麼。妹妹永遠是他的好妹妹。

戴福仍然在駕駛座上講著話。戴福的話幾乎是講給自己聽的，建議他在免稅商店裡買些甚麼東西，好帶回美國去……。現在他也有點兒為戴福難過。這個早已式微的家，為什麼戴福會毫不猶疑便加入了，還表現得那麼興高采烈？

車子已經駛過他所熟悉的路段。他繼續看著窗外，只有太陽仍然照耀著大地，讓人難以相信這是同一個太陽，既照耀著美國，又照耀著這裡。

他趁著戴福不期待他回應的時候，從手提袋裡取出了那封信。

……寫著這封信的時候，我的心裡充滿了矛盾與自責。我知道你會怎麼想我，會怎麼責怪我。我感覺到我們在重複十幾年以前就做過的事，又好像不是。十幾年以前，你似乎是我，而我似乎是你。現在，事情卻整個顛倒過來。

你不會明白我心裡的感覺，也許連我自己都不明白。那天回到媽媽家裡，一進門，媽媽便問我到哪兒去了。我兒子曾經打電話來，說他改變主意，想回奶奶家吃晚飯。我媽媽急得打電話四處找我。甚至想打電話給我先生。唉，好在她沒那麼做。從我家開車到這裡來可要花一個鐘頭以上的時間，還不考慮塞車的可能。

請別誤會我的意思。這些事情並沒有擾亂我的感覺，沒有阻止我去回想我們之間的對話，我們的故地重遊。我載著兒子回媽媽家，鄉下馬路漆黑一片。在車上，我仍然回想著你說過的話。你說你在某個地方度假，看到一棟很像我家的房子。這話深深吸引了我。我曾經做過類似的夢，我夢到在異國的黃昏，橘紅色的夕陽下，我走過美麗的街市與別墅，最後卻奇妙地走回我自己的家裡。不知道爲什麼，這個夢曾經讓我莫名地感傷了好一陣子。我又記得你說，吃過晚飯以後，你開車回到同樣的地方去，只想看看在這段時間裡，那棟房子出現甚麼變化。這麼想的時候，我的眼淚竟然不聽使喚地掉下來。

我明白在那一剎那，事情已經決定了。我知道我已經無法重新度過另一個人生。想到這種可能就讓我害怕，讓我在內心寒戰。我明白，我們已經在各自的人生中走了很長的一段路，雖然自己不曉得，也不願意相信，更無從奢言更換軌道。

你也許不想聽這些話。如果當著你的面，我也說不出來這樣的話來。我在紙上寫了又寫，撕掉好多頁我兒子借給我的紙張。我知道如果我不把心裡的話寫出來，我會對不起你，雖然寫出來一樣會對不起你，會傷害你……

坐在駕駛座的戴福仍然在自言自語。他聽到戴福在說：時代進步了。不像你那個時候，出國是件好困難的事，現在的人可以自己開著車，把人和行李直接送到機場去……

文學叢書 131

# 二〇〇一：洄游之旅

作　　者　張　復
總 編 輯　初安民
責任編輯　施淑清
美術編輯　許秋山
校　　對　施淑清　張　復

發 行 人　張書銘
出　　版　INK印刻出版有限公司
台北縣中和市中正路800號13樓之3
電話：02-22281626
傳真：02-22281598
e-mail:ink.book@msa.hinet.net
法律顧問　林春金律師

總 代 理　成陽出版股份有限公司
業務部／訂書電話：02-22256562　訂書傳真：02-22258783
訂書地址：台北縣中和市中正路800號11樓之2
e-mail：rspubl@sudu.cc
網址：舒讀網http://www.sudu.cc
物流部／電話：03-3589000　傳真：03-3581688
退書地址：桃園市春日路1490號
郵政劃撥　19000691　成陽出版股份有限公司
門市地址　106台北市新生南路三段96-4號1樓
門市電話　02-23631407
印　　刷　海王印刷事業股份有限公司

出版日期　2006年 9 月　初版
ISBN　978-986-7108-70-8
986-7108-70-1
定價　240元



國家圖書館出版品預行編目資料

二〇〇一：洄游之旅

張復 著--初版，--臺北縣中和市：INK印刻，
2006〔民95〕面；　公分（文學叢書；131）

ISBN 978-986-7108-70-8（平裝）

857.63　　95015015

INK

K INK INK INK INK INK IN
INK INK INK INK INK INK
K INK INK INK INK INK IN
INK INK INK INK INK INK
K INK INK INK INK INK IN
INK INK INK INK INK INK
K INK INK INK INK INK IN
INK INK INK INK INK INK
K INK INK INK INK INK IN
INK INK INK INK INK INK
K INK INK INK INK INK IN
INK INK INK INK INK INK
K INK INK INK INK INK IN
INK INK INK INK INK INK
K INK INK INK INK INK IN
INK INK INK INK INK INK
K INK INK INK INK INK IN
INK INK INK INK INK INK
K INK INK INK INK INK IN
INK INK INK INK INK INK
K INK INK INK INK INK IN
INK INK INK INK INK INK
K INK INK INK INK INK IN
INK INK INK INK INK INK